Ludwig Weibel
Abkunft und Vollenden
Schöpfen aus der Fülle lass Ich dich

Books on Demand

Bibliographische Information der Deutschen Nationalbibliothek. Die Deutsche Nationalbibliothek verzeichnet
diese Publikation in der deutschen Nationalbibliographie,
detaillierte bibliographische Daten sind im Internet über
http://dnb.dnb.de abrufbar.

© 2016 Autor: Ludwig Weibel
Herstellung und Verlag:
BoD – Books on Demand, Norderstedt
ISBN 9783741293726

Ludwig Weibel

Abkunft und Vollenden

Inhalt

Meine Seele zu ergründen
5

Abkunft und Vollenden
29

Aller Mächte Tugend
55

Ringen um Beständigkeit
83

Wende zum Erhabenen
109

Im Weltenzaubergarten
133

1
Meine Seele zu ergründen

1.1

Eine Liebschaft wie im Mai will Ich vor deine Seele tragen, mustergültig und gediegen. Apfelbäume blühn in ihr, es klopft der Specht und über das Gewog der Wiesen breitet sich das Gelb des Löwenzahns. Der Bienlein liebliches Gesumm umschwärmt der Kelche Locken und verkündet Wonne und Beseligung im warmen Sonnenstrahl.

Das ist der Frühlingsreigen, den Ich vor deinem Seelensein voll Wonne tanze, die wundersame Stimmung ists die Ich verbreite deinem selbstverlornen Sehnen zu. Was hast du denn von Mir genossen, wenn nicht jeden Widerschein des Lichts im Farbenreichtum aller Dinge, die dich friedevoll umstehn. Was spricht dich von Mir an, wenn nicht das Vogelstimmenjauchzen, das in allen Winden Meine Lebenslust verspielt. Schau hoch und nieder, horch und saug die Düfte ein, sie sind mit allem, was du siehst von Mir ein Zeichen.

Schwebe flügelleicht durch das Natürliche, indem du es mit liebevollem Blick umfängst und hegst und tröstest, wo es sich verhing. Ein Bienchen hebst du aus dem Honigtopf in den es fiel und schenkst ihm so das Leben. Ein Kätzchen schätzt wie du die Milch und leckt den Teller rein, den du ihm sachte hingegeben.

Wandle dich zum Gutsein jeder Kreatur entgegen. Auch ein Mücklein ist von Mir und lebt, auf sich allein gestellt von deiner Huld, wenn du es unbeschädigt lässest seiner Kreise Lust vollziehn.

Wieviel erfüllt sich in der Wärme des Erbarmens. Wie bedürftig sind die Menschenseelen nach dem Anerkennen dessen, was ihr Sein ist im Bewusstsein ihrer Sphären. Trage Rechnung ihrem Werden in der Zeit und schau auf deines, das sich so bedächtig, Kinderschrittchen gleich, ereignet in der dämmerhaften Weise des Dich-selbst-Geniessens. Sähst du dies, ein Lächeln überhuschte deine Züge. Mach dich mählich frei von allem Tand, der dich geflissentlich umspinnt und finde deiner Grösse Mass in Mir im absoluten Dich-ins-Selbst-Vertrauen-Schmiegen.

1.2

Das Leben weben und erleben voll Glückseligkeit und Wonne will dein sehnsuchtsträchtiges Gemüt. Und welche Fülle des Empfindens und Verzärtelns und Berührens und Umhegens und Geniessens ist dir nun ins Herz geströmt aus Meinem dargebotnen Gral. Es kommen die Gedanken und verwehn vor dem Vereinen in der Niederkunft der Freude im Sich-unentwegt-Verwöhnen. Sind deine Küsse kaum mehr Keimlinge des Überbordens, ziehn sie sich in meisterliche Längen dort und hier in Meinem Herzgebaren, denn die Dinge deines Lebens haben sich in Meinen zu vollziehn.

Du Selige in Meiner Gründlichkeit, du allertiefst Empfindende, wenn Ich dich rühre im Berühren, rieseln Freudentränen durch dein Blut und nicht zu fassen weiss sich deines Wesens Weise im Unfasslichen, das von Mir ausgeht, dich wie warme Sommerwinde zu umgluten. Wieviel blanke Blösse ringelt sich um Meines Lockens liebedurstigen Stil, wieviel von Anmut lass Ich durch die Glieder fahren, wenn sie sich umfahn im Taumel des Geführtseins von der Lust am Leise-sich-Berühren und voll Zartheit ins Elysium legen; denn Meines Gartens Tore öffnen sich den Bräutlichen, die lind von Inbrunst ihrer Lippen Süsse sich vergeben, deren Schösse sich geschwisterlich umschmiegen, frei von jeder Scham und nah am übersprudelnden Entzücken in der Springflut des Vergebens.

Ich labe dich und labe euch, wenn sich die Dinge der Allherzlichkeit im Menschlichen entladen; Meiner Treue Lohn verschaff Ich den Gezähmten, wenn sie Lämmchen gleich in Meiner allumfassenden Gebärde des Behütens ruhn im Seligen.

Mit soviel an Güte segnen will Ich dich, dass du im Wandeln wie ein Stern einhergehst durch den Himmel deiner Seinsnatur.

1.3

Inbrunst, Herzenstränen, Seufzen, Klagen will Ich in der Weise der Verliebtheit vor dein Antlitz tragen. Süsses Weh im ewig Wiederholen jedes Augenblicks durchrieselt deiner Seele Fieberhaftigkeit und steigert stündlich ihr Verlangen nach der Wonne des Vereintseins in der allernächsten Näh. In dir das Einssein zu erleben ist die holdeste der Freuden, die das Sein zum Da-sein sich erlesen. Dir den Nektar aller Güte von den Lippen saugen die Beseligung an sich, die sich in Stössen wie des Zickleins nach der Muttermilch erfüllt im Liebesreigen, dem sich alles einreiht, was wir sind im Zeitgeriesel. Schöpfen aus der Fülle lass Ich dich und Mich im wohlgemessnen Überborden, Lieblichkeit erzeugen in der Art des selbstvergessnen Kinderspiels. Von Seligkeit zu Seligkeiten lass Ich Mich von dir entheben im Verströmen und Besiegeln dessen, was wir sind im wunderbaren Bogen des In-Einigkeit-Beruhns.

Was sich bewegt im Herzbewegen, was sich kundtut in der Geste jeder Zärtlichkeit ist Seinsvollenden, höchste Blüte vollen Menschseins in der gottgesegneten Natur.

Das zartste Feingefühl entzündet jeden Blick der Augen zum Gespräch des Göttersagens, wenn die Strahlen liebreich ineinandergehn. Wie im Zauberkreis Gebannte stehn die Wesen im Umfangen da und verehren sich ihr Sein in Milde und herzinnigem Ergeben.

Lächelnden Gemüts begreifen sich die Traulichen in strahlender Wahrhaftigkeit und sind die Nähe warmen, weisen Sich-Verstehns. Geheimnis um Geheimnis lüften sie sich in der stillen Wiederkunft des zarten Sich-Berührens, schamhaft, reich und rein im langgedehnten Märchenspiel.

So seis im ewig neuen Jubel des Begleichens einer Schuld im Sich-Begegnen der Allmenschlichkeit vor Mir in Süsse und Gediegenheit, in sehnendem Erfüllen und im Schmelz der Zärtlichkeit, Mir angetan.

1.4

Meine Seele zu ergründen gründ Ich einer Menschheit Flor im wunderbaren Sich-Begegnen. Meine Räume zu erleuchten leucht Ich dir ins Angesicht und lasse Licht und Schatten auf ihm spielen. Weh und Wonne folgen sich im. Wechselspiel auf deinen Zügen, Wirklichkeit und Träume geben sich die Hand vor deinem Sehn und Schauen und bereiten dir die Festlichkeit des Lebens, wo du bist und dir Genüsse und Errungenschaften auferlegst.

Ich Bin der Stürmer im Begleiten deiner fortgesetzten Taten, Ich die Sehnsucht die dich in die Liebesarme treibt im wundervollen Gluten. Eine Flut von Schönheit, trag Ich Mich dir an, ein unaufhörliches Dein-Sein-Besingen quillt aus Meinem gütevollen Hier, Holdseligkeiten zu vollbringen.

Wenn Ich nur deines Wesens Saum berühr, gerätst du ins Entzücken; füll Ich dein Innesein mit Wonnen des Umfangens, bist du wie von Sinnen auf der Liebe Götterspur. Du Traute, heimlich Mir vermählte Trägerin des Friedens Meiner Kür, Ich will dich noch von Mir berauschen.

In Tränen niedersinkend, sink Ich selber vor Mich hin und labe Mich und bade Mich in unaussprechlichem Erfüllen. So weih Ich Mich in dir dem höchsten Seins-Erfühlen, so gewähr Ich deinen Nöten Linderung in hocherhabener Manier, die von den Enden reicht zum Neubeginnen ewigen Jungseins, wesensstrahlend im verblauenden Azur.

Ich weise deinem Sinnen Meine Stärke, deinem Fahlen Meines Zartsinns Spur im Spiel der Kräfte die dir eigen. Überschau, was du dir bist in Meinem Überschauen und gewähre dir den Lohn des Sicherseins in Meinen Gauen. Sei ein Beispiel des Vereinens in der Nacht der Sterne, die im Schauspiel der Unendlichkeit erglühend und sich selbst nach Mir verzehrend, liebevoll in Meiner Liebe stehn.

1.5

Wohin Ich schau Ich schau ins herzerschütternde Vereinen, dem Ich nun in alle Ewigkeit in soviel Trautheit untersteh in unablässigem Sehnen. Was bleibt, wenn du das Höchste kommen siehst in majestätischem Schreiten deines innigsten Gefühls und es dich überschreitet, als ein vollends Dich-Ergeben in die warme Wucht des Seinsgefahls. Was ist Verschmelzen, wenn nicht dieses Aneinander-ganz-verzaubert-Sein in jauchzender Bestätigung der Zartheit im Umfloren.

0, wie wissend ist des Liebens Fühlbereich, wenn sich das Zärtlichsein in eine Seligkeit erlöst, die keiner Hemmnis mehr bedarf im Überströmen. Wie in sieben

Himmeln wohlgeborgen gleitet dann die Seele federleicht dahin und übergleitet stillen Flugs die Lande ihres Sehnens.

Weide dich, entscheide dich an Mir zum Sein in ewiger Friedefertigkeit, zum Wallen durch die Welt wie eine, die des Ratseins bar das Offenbare in sich trägt unendlichen Genügens. Wie mit Händen fass Mich an in deinem innigsten Bezug zu Meinem Strahlen. Sonnenwesenhaftigkeit verleih Ich deinem Vor-Mir-Schweigen, seliges Gefiedel deinen Herzensaiten, wo du Mich erkennst im gleitenden Vorüberziehn.

Schlaftrunknen Taumelns willst du dich vom Lager der Holdseligkeit erheben und fällst ungesäumt in Meiner Arme überirdisch Wohl. So sind die Liebesfeste ewig im Vorübergehn zu greifen im erzählenden Gewissen und schmiegen sich an neue, noch zu kommende zu einem Bilde unermesslichen Verklärens.

Meine Würde legt sich so ins Zeitgeschehn und überstrahlt mit ihrem Glanze jede Geste reiner Güte, die die Menschen sich gewähren. Mitten in der Mitte Meines Seins sind sie Mein einzigartiges Idol von Freiheit, Lieblichkeit und allerzartestem Verspielen.

1.6

Ich trage dir den Himmel an in luftig leichtem Schweben, die Trautheit einer Stunde, die dich stählt fürs Weiterschreiten auf der ewigen Bahn der tausend Variationen.

Vom Ausgehn aus dir selbst, wie im Dich-selbst-Verlieren weih Ich dich dem Bogen Meines Heimbegleitens zum Erfülltsein von der grossen Ruh des Sternenschwebens. Meine Stille legt sich auf den sammetweichen Spiegel deines Herzbefindens und besänftigt noch sein leisestes Bewegen. Wie aus weiter Ferne raune Ich dir Sagenhaftigkeiten ins erwachende Gehör und lasse Märchenbilder lauterer Glückseligkeit vor deinem innen Aug erstehn.

In Orchideenreinheit halt Ich dich umfangen und begrüsse deiner Sinne lauschendes Erfahren mit so leisgeführtem übergleiten, dass du, wie vom Hauch der ewigen Heiterkeit berührt, Entzücken atmest in des Seins Elegie.

Aus der Niederkunft der Träume im Vereinen bringt sich dir das Bild des vollerwachten Einsseins ins Gewahren und erhebt dich in die Wonnen Meines seinsnatürlichen Begabens, denn in Mir ist Wonne des Bewusstseins ewig strömendes Gespiel.

In Meinem Wesensgrund ist auch die Stille noch ein Herzgesang allweiten Schwingens in der Melodie des Liebens aller Dinge Meines Seinsgewissens. In den Tiefen Meiner Urnacht blüht die Rose des Verduftens Meines Seinsaroms und füllt den Äther deiner Sinnlichkeit mit wundertätigem Beleben.

So gewähre Ich Mir selbst in dir die höchsten Freuden des elysischen Erlebens Meiner Spur, so trau Ich dir in Trautheit Mein Vertrauen an und spüre deines Spürens Harmonie im siebensiegligen Geheimnis des Erscheinens der Lebendigkeit, in deines Wesens zur vollkommnen Grazie geformten Zügen.

1.7

Schicke dich ins Schicksalslose, geliebtes Täubchen in des Herzens Flor, das Wunder deines Seins entscheidend zu beleben. Nicht, was du selber willst, nur was die Götter in dir wollen, sei das Mass für dein bedeutungsvolles Tun in jeder Phase deines liebeskundigen Gestaltens.

Ich zieh dein Werden in Mein Wohl aus Herzensgründen und gewähre dir von Mal zu Mal die Süsse des Verschmelzens mit dem Odem Meiner Seinsgestalt, mit dem Ich dich voll Zärtlichkeit umhege.

"Wache wachend auf in Mir", sprech Ich dich an, im liebetrunknen Aneinanderschmiegen. Erhebe, was du wirklich bist ins Sein gestillter Gläubigkeit zu Meinem An-dir-inniglich-Erbeben. In der Weise steter Läuterung gewähr Ich dir Erfüllung deiner allerkühnsten Träume in so seliger Manier, dass deine Sinne sich vertrauensvoll ins Sein erlösen.

Lächelnd wie die reine Unschuld stehst du so vor Mir im Bilde deiner Anmut, in der warmen Weichheit deiner Züge, die zum Liebesfeste laden. Bin Ich dir Apoll, so füg Ich Mich ergriffen dem Ergreifen deiner Schwanenarme und vermehre deine Lust, indem Ich deinen Lippen

jede Wölbung Meiner Seinsgestalt vergebe. Das Geheimnis Meines, deines innigsten Gefühls entdeckt sich an der züngelnden Holdseligkeit im unermessnen Laben. Seelenleichtigkeit im Träumen, noch und noch gewonnenes Vereinen auf der Götterspur des überreichen Variationenspiels nie endenden Behagens.
Im Sein erfunden und bewahrt soll dies dein Wesen durch die immergrünen Gärten des Erlebens tragen und dich schützen in der Zeit der Lebensnot. Mein Wille steht dir bei und lässt dich leichthin alles überstehen. Eratme dir an Mir den Hauch balsamischen Aroms im Zug der Seinsgelöstheit aller Glieder und versink ins Glück des Einsseins mit der Grazie des Götterjünglings im Erscheinen, wesenhaft und schön.

1.8

In der Heimlichkeit des lieben, langen, süssen Schlummers deiner Züge lass Ich Mein Begleiten um dich wehn und Meiner Neigung Niederkunft will deines Wesens Ausgegossensein in sanfter Zärtlichkeit berühren. Was du in deinen Träumen sich erheben siehst ist Meines Bildens An-dir-Hangen, was wie die reine Quelle in dir murmelt, rieselt, stösst, Mein Dich-mitLiebenswürdigkeit-Bedenken. Kein Hehl mach Ich aus Meinem Dich-Umleuchten, jede Schönheit Meines Bildens lass Ich allsogleich um deines Wesens Grazie fliessen, die die Meine ist im seinsgeschwisterlichen Zueinanderfügen. Leis und liebvoll leg Ich, was Ich Mir als Seinsgestalt ersinne, dir zur Seite hin und labe deines Fühlens Tasten mit dem Balsam Meines Liebeströmens, Lind von Güte gleit Ich über dich dahin, dich in die lautere Glückseligkeit zu wiegen.
Lächelst du wie eine Braut in Windes Armen, sind dir die Wonnen Meines Bei-dir-Weilens ins Gemüt gestiegen, wie der Duft des weissen Flieders in des Sommers sonnenlichtem Tag. Geheimnis um Geheimnis sprudelt dir im Überfliessen ins gestaltende Gehör und lässt dich Melodienlieblichkeit erfinden.
So umweb Ich dich mit märchentraulichen Gespinnsten und verleihe deiner Lieblichkeit das Kleid hauchdünnen Allbesehns, das Auge zu entzücken. Erst in der

Wiederkunft der Morgenrosenröte gleit Ich leisen Flugs dahin, in Mir die Röslein der Holdseligkeit zu zahlen. Du wirst, erwachend, Meines Daseins Düfte noch eratmen, wirst, eine Trunkne, nach Mir greifen wie nach einem Zauber, der dich eben noch betört und deine Liebessehnsucht wird Mich bis zum letzten Ende Meines hochgewölbten Sternensaals verfolgen.

1.9

Ich beschwöre deines Nahseins süsses Schauspiel in der stillen Mitternacht und verzärtle deines Wesens reizendes Phantom voll Inbrunst, voll Verlangen, wenn du unter Liebeshänden wundervoll erglühst. Behutsam küss Ich dich im sel'gen Aneinanderschmiegen, vom Zauber des Berührens all so tief ergriffen, schenk Ich dem verliebten Zünglein Narrenfreiheit im vergnüglichen Spazierengehn. 0 Trautheit in der trauten Kerzenschimmelustparade, o sagenhafter Mehrwert jeder noch so leisen Liebestat in der verlornen Liturgie des Fingerspiels. Es ist im Traum ein Wirklichkeit-Erträumen.

Jede Geste des Umfangens äussert Stil des liebevollen Sich-Verschenkens, jeder Tropfen Tau im süssen Sich-Verschränken zweier Lippenpaare süsst des Blutes Wallen und versetzt den Taumel des Verliebtseins in die höchsten Höhn. Und ewig will er sich im Schwung der Unerschöpflichkeit erhalten.

Seelensanftmut löst die Glieder zur beschaulichen Vertrautheit in der Ruh und dämmert in holdseligem Behagen durch die Friedenszeit dahin.

Das Feenhafte zu entlassen kostet sagenhafte Müt im Hin und Wider der Gedanken, im Ein-letztes-Mal-den-Wünschen-ihren-Willen-Lassen und im endlichen Sich-aus-dem-Zauber-der-herzinnigen-Beglückung-Winden.

Fern und nah und fern sind sich die Wesen so im Schauen. Sie versehen mit Allgegenwart die Zeit, dass sie den Liebes-Tausch nicht mehr verdirbt im ewigen Enteilen.

Bild um Bild verwandle Ich aus seligem Erinnern ins berückende Bestehn vor glanzerfüllten Augen. Zärtlichkeit um Zärtlichkeit enthüllt sich im Enthüllen der Vergangenheit im liebelichten Träumen und vermehrt die

Sehnsucht nach dem künftigen Sich-Geben in die Unruh wundertätigen Beruhns.

Dies ist, o holde Seele, Meines Sinnens Inhalt in der nächtigen Daseinstraulichkeit, in der Ich dich mit Blüten überschütte unerschöpflich liebevoller Phantasie.

1.10

Ein neuer Tag im Kleide der Verklärung. Eines Mondes volles Stehn in Lauterkeit und Ernst vor deinem Seelentor, dein Menschsein zu befragen. Was bist du dir im Grunde deiner Heimlichkeiten, was geschieht dir, wenn du wie das Lämmchen dich vor Meine Allnacht setzest und begreifst, dass Ich in reinem Glanz dahinter steh, dem Aug verborgen und der Seele offenbar zu unerschöpflichem Genügen. Wie kannst du andres hoffen, wenn dein Innesein erfüllst ist von der leis gefühlten Stimmung Meiner segnenden Natur. Indem Ich dich begreife, wesenseinig, greift dein Sehnen nimmermehr ins Leere einer Unwelt. Immer Bin Ich da und streu dir Blumen auf den Weglauf deines Dich-Verwandelns, immer weck Ich tiefre Kräfte noch in deiner Gründlichkeit im Schauen.

In dir nur Liebe lass Ich leben, die in Reinheit sich vollzieht vor Meinem Allerkennen. Weitrer Schwingen Flüge wirst du so in Meiner Weise tun in freuderfülltem Überwinden. Wirkungsvoller wird sich die Gedankensaat, die du vertrauend in Mich legst, ins Blühn erheben. Wispernd, raunend, knisternd wese Ich in deines Wesens wogender Wahrhaftigkeit und trau dir Meisterdinge zu im Dich-Entfalten. Ewiger Dinge Dialog geht aus und ein in deinem Dich-Begründen und erhellt, was du dir bist im Lichtglanz Meiner Gnaden. Redlichkeit und Würde will Ich dir verehren, wenn du lauschend dich in Meine Ehre schmiegst, Sicherheit des Seins dir mütterlich verleihen, wenn dein Wille sich vom Eigensein erhebt zu meinen überwältigenden Auen.

Wie mit Milch aus tausend Brüsten zieh Ich Meine Kinder gross; Mein Verschwenden aus der Fülle lässt sie wie im Freudentaumel sich erleben, jeder Sorge bar und leichten Herzens, wie die Sommervögelchen von Kelch zu Kelchen, nach dem Nektar der Erkenntnis schweben.

'Tauch in Meine Schöne, sag Ich dir und lass dich, von der Lebenslust beseligt von Begeistrung zu Begeistrung tragen.

1.11

Ich begleite deine Lebensschritte aus der Ferne Meiner Näh in unaufhörlichem Umrunden. Was du von dir hältst ist immerzu in Meinen Halt gegeben überschauender Präsenz, in wachem Gluten.

Mehre dein Verstehn indem du, losgelöst vom tatendrängenden Rumoren, Meinem Strahlen dich ergibst im Wunder des Gestilltseins, in der Stille Meiner Harmonie. Ich führe dich dahin, wo lichte Seligkeit dein Herz erfüllt im seligen Tauschen. Ich wandle deinen Wandel ins Erhabene der Sphären Meiner Seinsgeborgenheit und heb dich wie auf Flügeln himmelan in rauschendem Entführen.

Wo du dich verletzest, heil Ich dein Befinden in der Ruhe reinen Selbstgewahrens, wo du ausglittst, rett' Ich deine Hand im engelhaften Schutz des In-dir-gegenwärtig-Seins in allen Lagen.

Beuge dich in Meinem Garten wie die Weide vor dem Sonnensegen, der dich überströmt, weide dich am Einfall Meiner Lichtkaskaden, die von Meiner Güte Zeichen sind.

Willst du schwimmen, such dir einen Stern am nächtigen Gewölbe, dich zu Mir zu leiten in verwegnem Zielen; willst du aus dir selber gehn, Bin Ich bereit, dich in Mein Seien aufzunehmen ohne Vorbehalt und Tücken. Trauen sollst du Mir, wie man der Muttersorge sich vertraut in kindlichem Gehaben; hören sollst du auf Mein Wort in ständigem Dem-Lärmen-dich-Entziehn, in aberhundert Variationen.

Spür das Gute, das Ich in dich lege. Lass dich leis berühren von der Gunst der Stunde, die Ich dir vergeb im wogenden Beglücken.

Wie die Sonne zieh Ich dir das lichte Kleid der strahlenden All-Liebe an, im reinen Mich-Verschenken an die Wesen der erblühenden Natur, sie Meinem Sein dahinzugeben. Lass es zu, dass Ich dich so mit Sängen des Entzückens inniglich verseh.

1.12

Weidenzart gebogen heb Ich dich zu Mir, ins unendliche Gewogensein. Wie die sommersonnenvolle Mondlaterne steh Ich über deiner Seelensehnsucht und bereite dir das Fest der grandiosen Stille, in der nachtverdämmernden Natur. Zur Silhouette wird der Kreis der Berge, Hügel, Bäume, Tiere im entblauenden Azur, zu reinem Ebenmass der Seele Seinsempfinden in der Fülle dessen, was Ich in dir Bin in Lauterkeit und leis erschütterndem Mich-dir-Vergeben.

Die Stimmung transzendiert ins Ewige, in der Ich dich in Mein Befinden gleiten lasse segnender Barmherzigkeit, wie in die Weiten eines daunenweichen Schwingenpaars. Die Bande lösen sich des Erdenzugs und lassen deine Seele in die Seligkeit des Seins entschweben.

Reisest du im Nachen Meiner Königin der Nacht im Vollgeschmeide ihres schimmernden Erscheinens. Gleitest du in namenloser Sorgenlosigkeit dahin, die Meere und die Menschentäler zu beglänzen. Dich begleitend überschwebt Mein Sein das sanft gerundete Gewölb der Erdnatur, derweil der glanzerfüllte Sonnenstrahl dich voll betrifft in wundertätigem Begaben.

Nieder gleitest du, gesättigt vom belebenden Gesang der Lichtspur in den Sphären, in dein Soseins Kleidsamkeit zu Meinen Talen.

Solchen Reichtum reich Ich dir ins Herz des liebevollen Meine-Einsamkeit-Betrachtens, in der Einheit aller Dinge, die Ich seiend in Mir selbst belebe. Schauend Überschau ich Mein Gewalten im Gewebe einer Kleinwelt, die Ich Mir in deinem Wesenszug erweckte.

Nur, dass Ich Mich in dir erkenne, treib Ich des Erkennens Blüten in dein staunendes Gewissen. Nur in deinem Seinserhobensein verbreitet sich der wahren Seligkeit Geflüster in den Abergründen Meiner Kür.

Im Allertragen trag Ich dich von hinnen durch die Tag und Nächte deines jaunusangesichtigen Bewegens in die Tiefen Meiner Höh, wo Ich im Sagenhaften throne und des Seins Begaben koste, mild und wunderbar.

Du bist das Pfand in dem Ich Mich zu Mir erhebe, wenn du rechtens dich erhebst ins Leuchten der Allherrlichkeit allüberall, wo du dich lauschend findest seliglich in Mir.

1.13

Ich stelle dich auf deines blanken, weissen Füsschens zierliches Podest in einem Augenblick des Posens, dass du Mir erstarrte Schönheit bist, bevor du wieder dich ins Leben schmiegst und windest, wie die lautre Weidenbiegsamkeit. Was ist wohl mehr zu schätzen: Verweilen oder Tun, Halten oder Fahrenlassen eines lieblichen Moments im traulichen Begegnen. Ewig kreisen, ewig aus sich selber gehn gebiert die Sehnsucht nach Geborgenheit im Wunder der All-Einheit, die Ich Mir in allen Wesen anerzieh. So bist du auf dem Wege zu erkennen, dass du ewig bist bewegt und ruhend, fest und seidenweich verfliessend, selig in der Stille unnennbaren Herzensfriedens.

Alles ist so gut in Meiner Güte, wenn du Meines Schauens stillen Glanz bewahrst in azurblauen Augen. Alles hebt dich himmelan, was aus der Geste ungeteilter Grösse dich berührt, mit der Ich dir das Wesen Meines Inneseins erzeige. Ganz Anmut bist du, ganz Gesegnete des Augenblicks, wenn du im Staunen dich verlierst ob Meinem Märchenwelterscheinen. Zug um Zug geräts du ins Entzücken ob dem Liebelicht, das dich umflort in Sphären reiner Traulichkeit, in die Ich dich entführe. Lass dies gut sein immerdar in deinem Dich-Bewegen und verlass Mich nicht, indem du selber dich verlässest, fallend aus dem paradiesischen Gefühl.

Meine Weiten sind die Weiten eines Segelschiffchens auf der blauen See, Mein Empfinden die Unendlichkeit mit der Ich dich voll Zartheit schlückchenweis begabe. Deinem Sommer setz Ich Würze zu des Wohlseins aus der Wucht massloser Wärme, die Ich in die Räumlichkeit verströme; in deinem Dich-in-Wonne-in-der-Sonne-Räkeln setze Ich Allfreundlichkeit in Positur, die sich im Lächeln offenbart, dem freudenreichen Sonnentag entgegen.

Willst du wirklich dies? Und willst du, dass Ich Mich in deinem Sein aufs allerlieblichste vollende.

1.14

Eine Regung leisen Wehs begleitet das Gestilltsein in der Stille Meines Seinsprofils, wenn Ich dich wie in Träumen vor dir selber finde, suchend deines Wegs geheimnisvolles Winden. Weh, weil Ich Mich selber suche noch in dir in Schritten des geduldigen Gedeihens.

Wahrhaft nichts mehr sein im eigenen Bedeuten sollst du, dass Ich Mir in deines Wesens Zug Bedeuten zugestehen kann. So einfach und so voller Winkelzüge ist dies Unterfangen, dass sich eine Menschheit wie im Taumel wälzt im eigenen Versagen.

Komm und blüh im Unrat der dich tränken mag, nutze jede noch so flüchtige Gelegenheit zum Seinsverwandeln, wache, fleh den Himmel an und sei des Augenblicks Genosse, in beseligenden Taten.

Dann lass Ich vor dem Schauen deiner Inbrunst Meine Sterne tanzen, überschüttend dich mit Zärtlichkeit und Wohlbefinden, die sich, einem Flaumgefieder gleich, um deine Seele legen. Leis und liebvoll heil Ich deines Daseins hingebettete Figur und lass die Fühler Meines Trautseins sachte dich umschweben. Was du dir erspürst, spür Ich im selben Zuge lauschend auch in Mir, der Seligkeit dahingegeben. Weide dich an dem, was dich von Mir durchströmt im Nahsein der Vergänglichkeit, sowie im Unvergänglichen Dich-allezeit-Verwöhnen.

Meine Hilfe ist zutiefst in deines Herzbluts Widerspenstigkeit geschrieben, wenn du zauderst, Mein Befreien lässt die Leinen los, die dich an Dinge binden des Begehrens und versetzt dich ins Bewusstsein Meines Alldurchschwingens.

Führe selber dir die Lebenslustigkeit ins meisterhafte Mir-Gehorchen, sammle deine Wasser und geleit ihr Fliessen in die Unermesslichkeiten Meines Seins, wo dich in ihnen Meine Stürme wie Mein Säuseln laben und die Gründe Meines Herzseins dich zutiefst verstehn.

1.15

Was Ich nun sagen will verkündet dir ein guter Engel in den Phasen deines Sehnens, leichthin dich berührend, wesenhaft und wahr. Sein Wort bedeutet dir, was in den Räumen west, die Ich Mir ausgesonnen, der Tonfall seiner Stimme hüllt dich wie Musik in einen Zauber ein, dem du dich vollends hingibst, ohne andres zu erfragen.

Trifft er dich wie das Mondennachtarom, verfällst du in Entzücken, weil die Stimmung all so süss, so lieblich und so liebesabenteuerlich dein Herz betört, dass alle deine Sinne, wach und reif, nach überbordendem Erfüllen streben.

Ereignet sich dann wirklich, was du sehnend dir ersehnst, gewährt dir eine Stunde der Natürlichkeit mehr goldnes Glück, als Jahre kunterbunten Lebens dir gewähren konnten. Schau Ich dich so an, erklär Ich Mir an deines Herzens Stelle das Geheimnis deiner Flüge in die Höhen reiner Seligkeit, in denen in Vollendung sich erfüllt, was immer nur im wartenden Gesumme in der Unruh deiner Brust gelegen. Denn nun ist alles da, was in Gedankenleichte dich umschwebt, den Augenblick zu feiern.

Einer Harfe wiegendes Erklingen ist in ebensolcher Nähe, wie die Sanftmut des Geliebten, der dich liebevoll von Haupt zu Gliedern überfährt, dir Kraft zu spenden. Nenne Mir ein Glück, das diesem gleicht und nenne Mir die Sehnsucht, die sich allsogleich nach neuen Zärtlichkeiten reckt, die diese übersteigt, in noch dezenterem Pastell des Glückempfindens.

Ohne Liebe ist die Erde fahl und formlos; schal und frostig ist das Leben ohne sie; doch trifft sie dich, willst du ihr allsogleich entfliehn. Denn ihre Stösse, glaubst du, möchten dir das Herz zerreissen, ihre Niederkunft dich treffen wie des Blitzes Strahl

Dass du an ihr verglühst ist wirklich ebenso wie, dass du an ihr wachsest, wie der Rosenstrauch am Sommersonnenstrahl und wie du praller Rebenfrüchte dich erfreust, die Wandrer wunderbarerweise laben.

Doch bring die Liebe immer nur vor Meines Angesichtes Leuchten, halt sie ohne Fehl und Flimmern, dass sie reinen Strömens Innen- dir und Aussenwelt erfreut und im Vollenden deiner Züge Wonne sät ins Allsein Meines majestätischen Gehabens, das dich allezeit umfängt und ehrt und ruft im überwältigenden Widerhall der Zeiten.

1.16

Sommersonnenwärme lass Ich strömen in dein Herz aus übervollem Mass an Zärtlichkeiten, die Ich für dich hege. Von den Lippen Meiner Freundlichkeit fliesst, reizender denn Rebensaft, voll Inbrunst das Bekenntnis Meiner Liebe zu den deinen. Im Taumel blühender Glückseligkeit umfang Ich deines Wesens Schöngestalt mit allem was Ich Bin und bade dich im Teich der Wonne, den Ich in der Liebeslust vor deinem Hingegossensein verbreite. Kein Lüftchen regt sich, keines Lauts Empfinden dringt ins Ohr im Hochgemach der gleitenden Geschicklichkeit, der sich die Trauten liebevoll bedienen. O holdes Paar, wie schau Ich dich im Wohlgewissen Meines Daseins innig an und gebe Mich gelösten Willens ins entzückende Vereinen.

Ewig munter sind die Triebe seligen Umarmens, unnennbare Süsse wohnt im Blut und leitet es und weitet es zur Fülle in den hochsensiblen Gliedern. Nie hat die Seelenseligkeit so mild, so liebevoll geklungen, wie in dieser heilgewordnen Zeit, wo alles sich zur Blüte der Vollendung stilisierte und die daunenweich gewordenen Gedanken ineinander sich verloren zur Alleinigkeit des Tuns im wunderbaren Gleichklang der verschenkten Herzlichkeiten. Dankbarkeit für soviel liebenswerte Freude mischt sich in die Sanftmut der Gebärden. Wachsamkeit bewegt die Zügel zum geeichten Mass der Dinge, die im leisen Fluss der Zeit im Liebesraum geschehn.

Es ist ein Schweben und Erleben rosenblühender Gefühle in der Sanftmut liebelichten Herzenswogens, ein Bewegen und Erheben und ein hingebettetes Beruhn im Frieden der Behutsamkeit, die allem innewohnt im hütenden Begaben.

Weihung ans Unendliche gewähr Ich solcher Tugend und verkünde Redlichkeit des Weilens im holdselig lächelnden Begegnen der Verliebten in den Sphären Meiner Ich-Natur.

1.17

Hier Bin Ich Meines Willens froh in unabänderlichem Selbstgenügen. Ohne Makel, ohne Hast der Zeit begleit

Ich Meines Seins Gewahren in vollendeter Genügsamkeit im Weilen. Reglos reg Ich Meisterdinge an in wunderwirkendem Begaben und verstrahle Meines Lichtes Strahl in alle Fernen Meines raumgewinnenden Gewissens.

Deiner Züge Bin Ich Mir bewusst, indem Ich deines Wesens Innigkeit mit Meinem Sein erfülle, deiner Sehnsucht Bitten fühl Ich so in Meinem eignen Sinnkreis und gewähre dir und Mir Erfüllen in bezaubernster Manier. Siehst du Freundlichkeit vor dir erscheinen, blüht dein Herz von Meines Lächelns Wohlgeraten. In des Freundes Sanftmut leg Ich Mich zu dir und gewähre dir die allerhöchsten Freuden.

Trag in Andacht dies Erkennen vor dich hin und ehre es und mehre es, indem du deine Eigenheit vergissest vor der unvergleichlichen Gebärde Meines Hierseins wesenhaft in dir. In beständigem Vergeben gleich Ich dich Mir an und hebe dich, belebe dich voll Güte Meinem Freisein zu im Bewusstseinsreich der Seligen.

Deiner Blüte reich Ich Meines Blühens ewiges Gelispel, deines Lächelns liebenswürdiges Vollenden Bin Ich in den Sorgenlosigkeiten deines Dich-Verstehns. Du Holde, Reine, Feine Hüterin der Anmut weihst dich Mir in deinen innersten Bezügen, wenn du deine Wesenswelt umfängst mit liebevollen Armen. Ja, versinne dich in sie und Mich im selben Zuge und vermehre Mein glückseliges Entbinden.

Über alle Welten hin dir Meine Hand zu reichen ist Mein paradiesisches Erlangen, dir gut zu sein in jeder Faser Meins Dich-Erkennens Meine Wonne in dem schönen Spiel. Behüten will Ich dich allzeit in Meiner Schwingen köstlichem Gefieder und dein Wohlsein unverwandt vermehren in so gottgefälligem Stil, dass du dich im vollendeten Geborgensein erfühlst, das von Mir ausgeht und zu Mir zurückwallt mit den Wesen Meines Einsseins in Allweiten wunderbarerweis und wahr.

1.18

Gelingt es dir dich frei zu machen von der Gier dich selbst zu sein, befällt dich wilde Freude des Bewusstseins, dass du Bist das Sein im Unverwandelbaren. Jeder

Sorge bar bewegst du dich wie Eine, die dazu erlöst ist, frei im All zu schweben; jeden Glückes teilhaft, das die Göttlichen vergeben, spürst du deiner Freie Zug in wunderbarem Dich-Erheben.

So vollenden sich die Zeiten deines Schreitens ins gelobte Land des Seiens auch in dir, so darf Ich dich bei Mir empfangen als verlorne Tochter, den verlornen Sohn, die ihrer Väter Heimat wiederfanden.

Ahnst du, welche Festlichkeit sich da erhebt, begreifst du das Entzücken, das die Wesen rings durchströmt, wenn eines von den ihren sich im Reinen findet ihrer Himmelspoesie. Wie traulich und wie leicht und selbstverständlich ist dann alles, wenn die Klare des Bewusstseins siegt und das Geborgensein im Unermesslichen Triumph ist des geläuterten Gefühls.

Schon hab Ich dich bezeichnet mit dem Siegel der Getauften Meiner Lichtkaskaden. Schon trau Ich dir den Sprung ins Weite Meiner Unergründlichkeiten zu, in denen Ich dich so beglücke wie die Liebenden es tun, im allerersten Sich-Umfangen.

Woge, walle, sehn dich Mir entgegen allezeit in deines Lebens wunderlichem Blauen. Weise jeden Schritt zu Meiner Weisung, bis du still und satt von Seligkeit in Meiner Innigkeit vergehst im Andersartigen.

Bist du allem freundlich, darf Ich deines Wesens Süsse wie ein lieber Freund umfangen, der dich all so sanfter Weis zum Lager der Verheissung führt unsäglicher Liebesfreuden. Dein Besinnen darf sich ganz in Meines schmiegen unermessner Harmonie und sich ergötzen an der Pracht der all so feinen Sinnenfreudigkeit, die Ich vor dir entfalte. Schau begeistert auf dein Los und lass die Seele in der Andacht der Vertrautheit immerzu das Sein erleben.

1.19

Ich vereine deiner Gegenwart Gefüge dem der Himmelsauen, auf denen du schon sanften Trittes gehst, geheimnisvoll im Vielgestaltigen deiner Züge. Das lässt dich mählich, im Erkennen, deiner Gründe wunderwirkendes Getriebe sehn, den Puls der Dinge deines Lebenswogens und die Adern, die zu Meinem Herzen gehn im Unergründlichen. Wie sonst vermöchte soviel Unerklärliches sich in der Welt zu zeigen, wie könnte nur ein Eichenblatt entstehn, wenn Meine Kräfte nicht in ihm das Urgedankenbildnis Meines Schöpferwillens offenbarten.

So auch in dir verwirklicht sich, was Ich Mir Bin, indem Ich dich Mit Meinem Bild begnade. In die Stille lauschend wirst du Meiner Pläne inne werden und gewinnst Vertrauen in dein Sein, das Meins ist bis zur letzten Fiber deiner Dinglichkeit im Zeitlichen.

Begreifst du nun, dass Ich in jedem der Geschöpfe Einheit Bin des Lebens, dass jedes Dir-Begegnen Meine Züge offenbart, und ists ein Mensch besondrer Prägung, mag ein feines Gottesschauern dich durchwehn. Es mag dich Meine Schwinge streifen offenbar, wenn eine nie gekannte Geste dich erweckt zu überirdischen Erkennens Schöne; eine neue Welt vor deinem Schauen mag erblühn in wunderbarer Klare der Gestalten.

Deines Fühlens Inhalt wird mit Zauberkraft belebt des seligen Erinnerns an den Ursprung deines Daseins, der Ich Bin im Werden und Vollenden, in der Akribie des Augenblicks im Ewigen, wie in der Zucht, die Ich Mir im beständigen Höhwärtsschreiten auferlege.

Walte Ich in dir, so wall Ich Güte ins Gestalten; bind Ich dich ans Leben ist die Liebe mit im Spiel, die alles Angestrengte überstrahlt. So darfst du Mir getrost ins Allerhabne folgen, darfst dein Gewissens Unerfahrenheit in Meiner Gründe Weisheit legen und dich wohlgeborgen fühlen in der Fülle Meines Strahls von Licht und Kraft und dräuender Gerechtigkeit in seinsbeseligendem Rauschen.

1.20

Dir leg Ich eine Prozession von guten Gaben vor's Angesicht, geliebtes Du, indem Ich aus der seligsten Gestilltheit dich bedenke immerzu. Was Mich bewegt soll so auch dich bewegen, was Meiner Räume Reich an Kostbarkeiten birgt, soll deinen sich verschwenderisch im Zuge des Verschenkens einen.

Wie kann es kommen, dass Ich dich so sehr mit Meiner Herzlichkeit begabe. Wo knüpfen sich die Fäden wie von selbst zur unauslöschlichen Textur, wenn nicht im Feld der Einheit aller Dinge in der Pracht des Welterscheinens.

Eines Wesens Wirklichkeit zu sein und es zu wissen ist dir aufgegeben auf der Lebensbahn. Handeln als Erkennende im Kreis der auserlesnen Seelen ist dein Ziel.

Vorbei das Suchen nach Gewissheit, wenn du schauend dich erkanntest wesenhaft in Mir, vorbei das Zögern, wenn sich deines Schreitens Ebenmass dem Meinen unerschütterlich vermählte. Wie die Sonne sollst du selbst in Meinem unermessnen Lichte stehn.

Trägst du Vollendung in den Zügen, ist es Meine, die sich unvermittelt offenbart in reiner Schöne des Gebarens. Öffnet sich dein Herz, so lass Ich selber Mich die eigne Heimlichkeit gewahren. Wie die Sterne sich im Namenlosen still umkreisen, so umkreis Ich, was Ich in dir Bin im menschlichen Revier. Gedankenvoll ist alles, was sich findet und umhegt in Meiner Güte; von Lieblichkeit geprägt das Wirken zweier Wesen, die im zärtlichen Begegnen ihre Wunderkreise ziehn.

Wann ziehn sie sich zurück zu Mir ins allerschütternde Vereinen. Jetzt und immerdar ist Augenblick der Offenbarung Meiner Herrlichkeit im Weistum des Beglückens, im Berühren und Verstehn, im Aufblühn und Gesunden, in der Wiederkunft der Wonne, wie im alldurchströmenden Agens des Seinsbewahrens.

In deines her- und hins Geneigtheit Bin Ich dir die Herzensruh, in deinem Zaudern Halt und in den ärgsten Nöten deines Hoffens Lichtlein, das dich nicht verzagen lässt an dir.

Dein Wünschen reisst dein Denken, so als war's an viele Hunde angeleint, im Ringeltanz dahin. Da heiss Ich dich die Leinen loszulassen und das Eine, Feine nur zu sehn, das dir von Mir entgegenströmt in wunderbarem Dich-Befrieden.

Du staunst, weil Ich nun alles Bin in dir, die Welt mit neuen, grossen Augen an und fassest sie in eins zusammen einer unermessnen Harmonie. Im Bund der Sterne siehst du Meines Herzens ebenmässiges Sich-Verklingen; ihres Kreisens Wohllaut bündelt sich zum Wallen einer allgebornen Sinfonie des Lebens, die sich selbst belauscht im Glück der Seinserhobenen, die sich an ihrem Da-Sein laben. Weilst du ganz in Mir, sind alle Stürme wie verflogen, weisst du dich von Meiner Schwingen Lichtheit mild umfangen, atmest du die reine Seligkeit des Seins in langgedehnten Freudenzügen.

Von Mir geliebt sein heisst den Duft verspüren ewigen Genügens, von Meiner Freundlichkeit zu zehren ist wie Kosten einer Himmelsspeise, die den Wohlgeruch des Nektars weithin überwiegt.

So kommst du in Mir augenblicks zu hohen Ehren, wenn du nur dich selbst vergissest und die Winde Meiner Güte lässest wehn. Ich labe dich, Ich trage dich zu allen Ufern der Barmherzigkeit, wo du wie unter Palmen in des Weilens Süsse Meinen Hauch empfängst beseligender Gnaden. Weih dich Mir und sei und feire die Geburt des Ewigen in dir als Auferstandene von Hunderten von Gräbern.

In den Sphären Meiner Ruh lass dich vom Allbewusstsein liebelicht umwinden, eins mit Mir in nie verebbendem holdseligen Gefühl.

1.21

Wie die Amme eines Kindchens Dürsten nähre Ich dein Sein ohn' Unterlass mit strömender Lebendigkeit, dich zu erlaben. Vollends geborgen bist du so in Mir und hast in deinem Schreiten nicht das mindeste zu fürchten.

Klarheit der Gedanken, Heiterkeit des Himmels, wundervolle Lösungen gewähr Ich dir in noch so ränkevollen Szenen deiner Lebenshistorie. Nur, dass du Mir zutiefst vertraust in jeder Lage und Mich nicht bindest an die Starrheit deiner eigensinnigen Pläne. Wirf dich in den Plan von Meinen Gnaden und entdecke, welche Schönheit darin liegt, dich ganz ihm hinzugeben. Ich spinne dann das Garn in deiner Finger Emsigkeit, vergeb ihm Meine Färbung und verleihe ihm Beständigkeit in Meines Werdens Ziel, du brauchst es nur geschickt und warm von Feingefühl zu führen.

Schau, Ich Bin dir innig nah in jeder Phase deines Dich-Verwandelns. Deiner Züge Lächeln spricht Mich wie der Strahl der Sonne an und dein Betrübtsein hängt wie Wolken vor der Blüte deines Wesens. Stille sei und lass sie flugs von Mir verscheuchen, dass die Reinheit dich im Siege ehrt, den du in Mir davongetragen. Wache wie Ich wache um dein Wohl und nimm in Meiner Leichtigkeit die Hürden deiner langgestreckten Bahn, Ich will dir jeden Sprung mit Meiner Jugendkraft versüssen.

Fühl dich allezeit mit Mir in eins verschlungen, feiner als die innigste Verschlungenheit der Zärtlichen sich mag erfühlen, denn Ich lass dich in Mir frei wie's Vöglein fliegen allezeit in seligem Frieden.

Sei im Kleinen wie im Grossen deines Daseins froh und deines Seelenseins bewusst im Überirdischen. Wie eines starken Baumes Wesen steh im Erdreich und im himmlischen Revier und wachse, strebe, lebe, webe ohne Furcht und Tadel Meiner unermessnen Lichtheit still entgegen.

1.22
Deine Herzensfreiheit geht hinüber in Mein Lob. Lob der Sterne, Lob der Herrlichkeit in allen Dingen Meiner Schöpferphantasie, denn was Begeistrung sich erschuf hallt von Begeistrung wieder in den ungezählten Räumen Meines Wirkens in der Kraft verschwenderisch geballter Energie. Es ist die Lust am Sein, aus der die Werke sich ergiessen, der Reichtum, dessen Überfülle sich ins Sein entlädt der Myriaden Variationen. Du selber atmest Meiner Züge Glanz, du kostest, was Ich Bin in deinem Seelenjubel und gewährst dir Meines Allerfüllens Freudenzahl.

Ins Licht erhoben Meiner seinsbedingten Grazie erkennst du, was es heisst in Ewigkeit nicht anzustossen. Du lebst die Freiheit in der Meinen und verbirgst dich nicht vor Mir, denn vor sich selber braucht sich niemand zu verbergen. Stoff von Meinem Stoff und klingende Glückseligkeit von Meinem Klingen Bist du in der Heerschar der GerechtenMeines Seinserlebens. Glorie im Werden und Vergehn erfüllt dein Streben nach Bewusstsein im unendlich reinen Wohl.

In unverwandter Zärtlichkeit umfängt sich in den Himmeln Meiner Gnade, was sich ewig liebt und spendet sich den Balsam des Beglückens immerzu im Lied holdseligen Empfindens und Erfindens, in der Trautheit wundervoller Eintracht, wie im Kuss unendlich feiner

Stille, die die Liebe sich zur Lieblichkeit erwählt.
 Das ists. Im Amen liegt Vollenden zugleich mit dem Weitergehn, im Abschied Neubeginn in säftevollen Zügen.
 Diesen Kranz geheimnisträchtigen Verratens leg Ich voll Anmut vor dich hin, dein Sehnen in die Sphären Meines glückerfüllten Seins zu heben, eins mit allem, allbewusst in Mir.

2

Abkunft und Vollenden

2.1

Mir selber geh Ich Ausdruck, dich mit dem Wort begabend unvermittelbarer Harmonie. In dich gezeugt zu voller Blüte zu erwachen, ist alles Seinsnatürliche geradewegs aus Mir. Wer hat noch nie Mein Lied gesungen, wer ist aus seiner eignen Kraft erstanden, sagt es an, ihr Unverständigen, Ich will euch lächelnd widerlegen. Wahrhaft gross ist nur, was in Mir vorgeht, was in euch sich zu erheben trachtet, Meiner Wesenhaftigkeit gemäss. Leiser Unruh inne windet ihr euch allgemach am Stab empor, den ich euch liebevoll entbiete.

Abkunft und Vollenden sind von Meinem Handeln Zeugen. Sinnenlos Bin Ich der Sinnenfälligkeit Idol und übertrage tragend Mein Gedankengluten in den Formenreichtum der Gestalten. Willst du Mich dahinter endlich sehn, mit Geistesaugenlicht begabt und mit erhobner Ehrfurcht und dem Hochsinn für Geschwisterschaft in vollen Zügen. Ja, Ich weise dich dahin im Weistum Meiner strahlenden Gesetze, deren Folgerichtigkeit du zu befolgen aufgerufen bist mit Namen und Gewissen, Tag für Tag. Es bleibt dir nichts, als die Gerechtigkeit zu üben, wenn du willst des wahren Glückes Silberschein erleben. Komm, o komm aus deiner Sucht nach Eigenem geschwind zu Mir und koste, was es heisst, die Dingwelt zu besiegen.

Staunend wirst du Hallelula rufen, wenn du Meinen Gaben dich vereint siehst; dich in Wonne wiegend darfst du Meiner Früchte dich erlaben und dich wie von Sinnen in der Wachheit Meines überirdischen Gewissens seliglich erleben. Dass du dann daheim bist in dir selber, brauch Ich nicht zu sagen, Ich Bin es auch in Mir in deiner feinsten Seinsstruktur.

Zum Zeichen der Vollendung leg Ich dir das Amen liebelicht zu Füssen und verneige Mich vor dem, was Ich in deiner, Meiner Inbrunst mir geschaffen, hoch und hehr.

2.2

Im Sein sind Erd und Himmel eins in seligem Erröten. Ich Bin, du Bist, die Dinge sind sich selber meisterlich im Reichtum ihrer Formensprache. Alles ist dem Sein entbunden und bleibt doch Es in unverwechelbarer Innigkeit, in Wachheit des Gewissens, in Geduld und Güte wohlverteilt im Sphärensaal. Wir brauchen uns der Grösse des Geschehens nicht zu schämen, weil wir selber dessen Teil sind im Agieren und Bestehn. Nicht Hoffart sondern Hoffnung soll uns prägen auf den Durchbruch des Erkennens, dass wir eins sind mit den höchsten Kräften, eins mit jedem Wesen, das da schlicht und selbstverloren vor sich hergeht, seinsvermählt mit hundert bräutlichen Geschwistern, die sich voll Vertrauen um uns scharen. Wie gerufen kommt der Ruf nach hingegebenem Verständnis allen Seinsgeschehns. Immer ist des Steinchens Schillern auch im ganzen Mosaik zu sehn und mit diesem im bewussten Überall zu tragen. Was die Dinge nährt ist der Zusammenhang, der ihnen innewohnt, ist allgemeines Leben und das Wehn der Allvernunft in wundervollen Zügen. Was Einzelne zerbrechen macht das Ganze wieder gut, was Schwache übersehn ist stets der Schaukraft der Potenz dahingegeben. Lieblichem schaut Liebes zu im wirklichen Erfahren. Leistung wandelt sich in Anmut, wo die wahren Mächte ihren Dienst vollbringen. Hast du je ein Geistchen springen sehn. Es schwebt im Zeitenlosen federleicht dahin und welkt nicht, wie die Kräfte andrer welken,

    Zarter Farben Wohlgefälligkeit verbindet sich dem wonnevollen Wogen, das in Mir sich still verbreitet, wenn die Tore offen sind zur Einheit mit der Sphärenharmonie. Heiterkeit des Weilens, Unbeschwertheit und Gelassenheit sind Attribute Meines Mich Erfühlens in der Welt des Wirklichen, die sich der höchsten Wachheit präsentiert. Ein Lauschen ist's der Seele im Geheimen, eine Fahrt ins Neuland des Gewissens, absichtslos und doch gefestigt in der Sicherheit des Hierseins ohne Wanken. Die Nuancen sind's, die sich die Geister einverleiben, wenn sie schaffend ihre Welt polieren und ihr Glanz vom Glanz verleihn im Werden und im Schaun der letzten Majestät.

2.3

Freundlichkeit und Milde steigen hoch wie Düfte aus dem Feld des Lebens, das Ich Mir erkoren habe. Weitoffen sind die Wege reinen Glücks, die glänzenden Gewinns vor Meiner Absicht stehn. Es tragen Mich die Winde der Vortrefflichkeit voran und in den Breiten und den Weiten Meines Daseins regen sich Gelassenheit und wohlgesetztes Streben. Wie mit dem Farbenpinsel male Ich die Stationen Meiner gloriosen Zukunft vor Mich hin; so seinsgewiss und unfehlbar sind Meines Geistes Züge, dass Ich frohlockend Schritt um Schritt dem Licht vollkommner Zuversicht entgegenzieh in hehrem Schreiten.

Schön vermählt mit allem Weltenstreben seh Ich Mich in grossen Kreisen Meine liebevoll vollziehn; heil im Heil des absoluten Flutens werfe Ich Mein Können triumphierend in den Bogen Meiner Bahn. Im Leicht-Sinn des Beschauens trag Ich Frucht um Frucht erhabenen Gedenkens zum Altar der Würde Meiner Taten; schön im Schönen Überschau Ich lächelnd, was Ich selbstverständlich tu'. Was soll's, dass Ungezählte von Mir zehren, was hab Ich zu bedenken, wenn doch Meine Kraft aus Unerschöpflichkeit sich nährt und Mein Mich-selbst-Verschwenden nur die Gaben mehrt, die Ich Mir auserlesen.

Eilen, weilen, wogen, ruhn, gestaltend sinnen ist Mein Los in nimmermüder Seinsbeharrlichkeit, in Fabelhaftigkeit und Wachheit sondergleichen. Was hätte Ich verfehlt, wenn Ich nicht seit Äonen aus Mir selbst gegangen im Hang zum Grandiosen, in der Sucht Mich selber darzustellen, so und so und soviel noch dazu.

Im Fallen Stärke, in der Wiederkunft der Szenen Zeitgefühl und im Beharren Dehnbarkeit hab Ich Mir selber längst bewiesen. Kontinente überstreichend schaff Ich Wohl und Weh, schaff Allbehutsamkeit dem Gras - und Bergen all so sachtes Sich-Erheben. Im Wohllaut des Geschehns ist alles wahr, was Ich Mir wachen Sinns bedeute. Im Deuten Meiner Gründe flammt die Sehnsucht auf, Mich wieder ins beseligende Ruhn im reinen Urlicht zu verziehn.

2.4

Höherer Mächte Liebe darf Ich in Mir fühlen, darf die Musikalität des Seins erfahren in der Wesenswachheit die Mir eigen. Wie durchsonnt von wahrem Freisein tret Ich in den Tag der tausend Freuden und erwecke in ihm, was Mir frommt an Eigenart und fantasiegeschwelltem Zeitverfügen. Leichthin werf Ich Meine Schätze hoch und lasse sie vom Wind in alle Winde tragen. Meines Daseins frank und froh, besinge Ich des Lebens Wohlgeraten und gewähre Mir die Lust, an allem teilzuhaben, was da ist im Oben, Unten und im allerheimlichsten Bezirk des Innewohnens in Mir selbst, wo immer denn Ich sein will.

Wunderbarerweise fügen sich die Dinge Meines Waltens, wie zur Zärtlichkeit geboren, ineinander und bewahren sich in Ruhe, Wohlgeformtheit und Behagen. Was Ich immer denke, ist ein Ausbund reiner Harmonie im Seinsverfügen und gefällt sich selbst in Anmut und Genie. Bezaubernd ist's, des Sinnens Sinn aus solchem Keim zu offenbaren und gelassen haushoch über ihm zu stehn, Die Weise des Empfangens weiser Wirklichkeiten ist so glückbegabend und so überirdischen Gehabens voll, dass Ich wie wach in Träumen Mich befinde und, des Lobens voll, Mein Herz zum Guten wende, das Mir zuströmt offenbar. Ein Malachit mag so in samtner Weichheit einem Aug erglänzen, wie dies Köstliche, das sich nur merken lässt und tief erfühlen. Taufrisch jedes Bild zu innigem Genügen; unvermittelt tragen Mich die Wege schnurgerade ins ersehnte Ziel.

Lebendigen Lebens tanzen zierliche Gestalten ihres Reigens Spiel; in hochgeschätzter Weise wallen sie dahin und wissen mit sich selbst allwie mit Marionetten zu verfahren. Wie reizend sind wir uns dann selbst Gespiele in des Selbstbeherrschens meisterlichem Spiel.

Ein Bäumchen stellt sich, fruchtbeladen, liebender Beschauung dar und bietet, was es hat, dem Wandrer zum Genügen. Sind wir dann alle so, so ist die Welt im Equilibrium der Kräfte des Verschenkens und Beschenktseins, die sich, wonnevoll in eins Verflochten, dem Prinzip der Einheit nahn in allen Graden. Weise ist's, von solcher Weisheit immerfort zu zehren und behutsam jenen Weg zu gehn der Mitte, der ins Herz der Dinge führt und ins ewige Unterweisen.

So vollendet sich, was zu vollenden anstand und erfüllt sich, was des Sehnens Gläubigkeit an Fülle und Erfüllen vor sich blühen sah.

2.5

Ein Kraftstom fliesst im Ewig-Grünen Meiner Wesenhaftigkeit dahin, Mein Sein zu nähren, wie er auch das Sein der vielen nähren will, die seiner Heiligkeit bedürfen. In nie versiegendem Ermuntern trägt er Andacht, Lebenslust und Seinsverständigkeit zu Meinen Lieben und bewegt ihr Herz zur Güte und zum langgedehnten Sich-Vergeben. Wie die Leier will er Wonnesang verströmen, wie der Lerche Schlag soll seine Stimme sich der Welt verkünden, dass die Meine niste sich in ihr Gehör.

Wieviel an Fabelhaftigkeiten hat sie doch noch zu erfahren aus der Heimlichkeit, in der sie mittens steht; wie weit ist sie noch vom Erkennen Meiner allerletzten Tiefen ausgenommen in der Oberflächlichkeit, die ihrer Tage Bund begleitet. Sind auch die vielen unreif noch in ihrem Schauen, bereit Ich ihnen unentwegt im Raunen der Gesetzlichkeit den Pfad zu neuen Ufern, die in der letzten Konsequenz die Meinen sind des Überlegens. Vorwärts drängend halt Ich Meine eignen Zügel lässig bis zur Zügellosigkeit in Händen und bewahre dennoch, was Ich Bin in unbedingtem Seinsbewahren. Wer Mich hören will, bereitet sich das Fest der guten Gaben im Allhier des strahlenden Bewusstseins Meines Flutens, wer sich Mir verschliesst, verschleiert seine Würde und verfällt dem Stoss der Ironie.

Wie heiter doch und wohlbenetzt vom Tau der Lieblichkeit ist alles, was Ich Mir im wahren Sein gewähre, wie reich Bin Ich begabt mit Gütern der Geselligkeit, wo Ich Mich selber find im Wesenhaften Meiner Züge. Über allem, was Mich so betrifft verschwebt sich unaufhörlich Meiner Ruh Geschwader, meistert sich Mein Wirken in der Kunst des Unbedingten und macht alles, was Ich Mir ersinne wahr. Von Strom zu Strom entfache Ich Begeisterung in Meinem Strömen, von Bewusstheit zu

Bewusstheit steck Ich Feuer an von höherer Potenz und nähre sie, wie Ich den Schwung der Sterne nähre mit Erhabenheit und Güte des Mich-selbst-Verstrahles. Weiten Mich ins All ist Mein Begehren, finden Mich in allem Mein entzückendes Idol, dem Ich kein Yota hinzufügen habe. Seinsvermessenheit und Weisheit sind im selben Lied geboren, das Ich ewig Mir versinge und vermähle im hochheiligen Klang der Sphärenharmonie.

Wie unterwerf Ich Mich Mir selber, wenn nicht mit geduldigem Streben aus der Innigkeit des Herzens einem Hohen, Allerhöchsten zu, das Ich Mir Bin in folgerichtigem Erscheinen. Gewaltig ist der Ruf, den Ich Mir sende nach bewusster Allegrie in vollendeter Gelöstheit aller Rätsel Meines Ich-Bezugs. Kaum zu fassen ist, was Ich erkenne: Wesenhaft zu sein in Gottesgründen, eigner Eigenart gemäss. Gelobter Meiner selbst vollbring Ich aller Welten Taten in nie endender Bravour; als höchster Selbstverschweiger schliesse Ich Geheimnis um Geheimnis in Mich ein, Mich in Mir selber zu bewahren.. Kein Yota ist Mir fremd im Allgeschehn, kein noch so lässiges Berühren, das Ich nicht in Weh und Anmut an Mir selber spüre. Die geheimsten Winkel Meiner Hoffart sind die seinsintimsten, die Ich feuerflammenschwer erleide oder reinen Glücks als Auferstehn zum Lichte vor Mir seh.

Von Stern zu Stern gehn Meine Bande, von Bewusstsein zu Bewusstsein Meiner Gegenwart Gewähr, die Ich Mir Bin in voller Klarheit, voller Redlichkeit und vollem Selbstgenügen. Ungezählt sind die Lianen Meiner Gunst, mit der Ich Mich umschlinge, graziös und zierlich Meine Himmelstänze im Vollbringen der Gesetze, die Ich in die Weiten sä'. Dass nur keine Dauer Mich behindert im Erfüllen Meiner Kür, dass die Lieblichkeit obsiegt im langen Atem, den Ich liebevoll dem Seinslebendigen verleihe, alles bis zur letzten Fülle auszureifen, um die selbsterwählten Widrigkeiten glänzend zu bestehn. Hoffnung zeugen, Wagemut und Wirksamkeit im Kräftefeld des Guten ist Mein Ziel, überbordendes Gewittern, Ausgelassenheit und Widersinn Mein Mit-Mirselber-Spielen. Wo die Wonne Mich zutiefst durchströmt, hab Ich am härtesten gelitten, wo der grössten Unrast Züge sich geschliffen, Bin Ich Meine wundervollste Seligkeit und Ruh. Tränen lös Ich ins Befrieden, Schande in den Stand der Ehrfurcht vor dem Weltbestehn. Der Liebedürstige vor allem wird sich wie in Rosenwolken sehn, von Meiner Milde in die Zucht genommen, überwältigt vom Verstehn.

2.6
Nie erkannt und nie begriffen Bin Ich doch das Agens aller Dinge im Allhier. Berge habe Ich gesetzt und kann sie wieder schleifen; Millionen reich Ich Speis und Trank im Pflanzenreich: Wer von den eitlen Menschen hat Mir je ein einzig Blümchen nachgeschaffen. Lauter Bin Ich, denn wo Trug herrscht, herrscht auch Furcht vor rasendem Entdecken; ohne Habgier schenk Ich allen alles, denn Besitz in Meinen Augen ist ein Wahn. Zu Mir selber stets erhoben, heb Ich Mich in jeden Wesens Zug von dannen, denn Gefahr ist, wo die Dinge stille stehn. Ruhn ist nicht Erstarren, Starrheit eurer Konvenienz ist immer noch bewegtes und bewegendes Atom in schwirrender Gefälligkeit, Mein Werk zu intonieren. Selbst die Gesetze wandeln sich im Wandel der Gezeiten; dem wir heute untertan, kann uns morgen schon mitnichten gelten. Ewiger Fluss in ewigem Fliessen ist Mein Teil im Lauf der Ewigkeiten, Gegenwart im zeitenlosen Nu Mein Stoss aus Heimlichkeit und heimlichem Entsagen.

Was rein ist, ist auch wahr. Was unvermischt in allem sich erhebt, kann nur in Meiner Tiefe gründen und in allem die Essenz sein des Bestehns. Wer bedenkt, dass Ich ihn denke, wer erwägt, ob nicht ein andrer seine Stelle einnimmt in der Reinkultur der hehren Geister, die sich an den Weltenlauf vergeben. Lächelnd sieht sich einer dann sich selber gegenüber und begrüsst das Es in sich als Majestät, die alles in sich fasst und auffasst, ohne es zu hintergehn. Wie würdig ist es dann "Ich Bin" zu sich zu sagen, wie Bin Ich dann unübertroffen die Präsenz in Mir, die nichts mehr von sich weiss, als dass sie Ist in vollen, seinslebendigen Zügen. Wie seltsam und wie grandios, im Seien sich zu fühlen. Wie Betroffne und wie wunderbar Erlöste sind wir dann, wenn uns die Augen aufgehn im Erkennen der Alleinheit vor der eignen Tür. Kein Wahn, ein ahnenträchtiges Gewahren führt uns auf die Bahn des tausendfältigen Gewinnens des Bedeutendsten, was uns je blühte und des absoluten Freudgefühls. Wem ist nicht solches Sichersein vonnöten, wer hat sich je in seinen Wänden wohlgefühlt, derweil die Seele ihr Gefangensein verwimmerte und sich nach ungehemmten Weiten sehnte, ausgebrochen aus dem tragischen Verlies. Was heisst flügge sein, wenn nicht in Raumeshall und Widerhallen sich verbreiten, in der Rezeptur der Wonne und im überragenden Gesellentum mit allen Wesen, die den Massstab setzen für die wahre Seinskultur.

2.7

Was ist ehrbar, was ist nett: Die Schaukunst Meiner Widersprüchlichkeit im Mich-Erleben. Wahrheit kann auch bitter sein und starke Hand kann bluten. Nimms genau, wenn du dich unterfängst, den Dingen ihre Richtigkeit zu geben. Lass die Hiebe sausen auf dich selber, wenn du als Wahrhaftiger dich verstehst im Immergrünen. Meiner Tränke Wirkung zieht dich in die Höh des Seinserblühns und lässt dich nimmer wanken. Es sei, dass deine Sicht auf das Lebendige sich wandelt zu einem innigen Darinnen-Stehn, zum selben Sein in dir, in jedem Mitgeschöpf, wie in den Wesen dieser Welt und jener, die wir jene nennen. Erst in dieser Weise ist dein Dasein wie in Wundern wohlgemessen, freigelegt und wahr. Was hast du alles noch zu leisten, bis dein Bewusstsein ohne Unterbrechen den Aspekt des Allerfüllens aufrecht halten kann; wie edel musst du sein, bis du auch im Geringsten noch dich heimisch fühlen kannst, in liebevollen Zügen. Gott sei bei dir, wirst du dann sagen, und die Meinung ist, dass Ich bei Mir Bin allethalben in des Geistes Auferstehn. Das pflanzt sich fort von Generation zu Generationen, gebiert den Sinn der Sinnkraft in den Meinen, weitet sich zur Seinsgeschwisterschaft und hebt schlussendlich eine ganze Menschheit himmelan. Nur auf das Ganze dann bedacht sind die Getreuen wahrer Wohlfahrt; durch alle Glieder geht in freudigem Erschauern der Befreiung Stoss. Dann kannst du alle Dinge wissentlich verzärteln, bis ins Kleinste noch die Schönheit Meiner Grösse sehn und dich nicht stossen an dem Auf und Ab der wogenden

Gezeiten. Jede Geste Meiner Myriaden Äusserungen hat den Wert des Unbedingten und bleibt ewig für sich selbst bestehn; jeder Trugschluss schliesst den Kreis der Schlüsse, die zu Meiner Wahrheit führen.

Voller Ungeduld streb Ich nach dem unendlichen Beruhn in Meiner Gründe Gründen; voll Anmut trag Ich Mich Mir selber an in jeder neugeschaffnen Blüte, Meine Zugkraft zu bewundern. Ohne Zweifeln steh Ich jedem Zweifel gegenüber und entbiete Mir Glückseligkeit von Schritt zu Schritt, den Ich zurückgelegt im unermessnen Schreiten.

2.8

Im Himmlisch-Heiteren liegt, was Ich Mir besage, goldgrün gefasst bis in die Gründe Meiner Ruh, wo niemand Mich Mir streitig macht im Seinserwägen. Gestilltheit breitet sich ins Weite Meines Augenblinkens, regelrecht ist alles, was Ich seh und die Gestirne kreisen ihren Weg im wohlig Ganzen. Noch zähl Ich Mir die Welt in Fülle und Behagen, noch Bin Ich, weidend selig Mich an Mir in überragenden Bezirken, wo die Urkraft sich versprüht und wo die Helden Meiner Zunft die Schwerter wetzen des Verstands, ihr Tagwerk zu vollbringen. Nur Meiner Ziselierkunst treu, gereiche Ich dem Weltgeschehn zum Wohlgeraten und gebiete Seinsbeständigkeit den Wesen Meines Wagens. Was für immer wirkt, ist Meiner Sendung Aufschwung, was sich nimmer fangen lässt, ist jegliches, dem Sein entsprungenes Gewalten.

Wie kannst du fassen, was sich das Bewusste seit Aeonen ins Gewissen schrieb, wie seine Gründe noch begreifen, derweil sich Fülle dort an Fülle reiht im Aberwitz der Sphären. Mir allein ist es gegeben, zuzulangen, wo Ich Meines Willens Lust dazu empfinde; Mein Gebieten noch an jeder Stelle macht Mich gross und schallt hinüber und zurück in alle Winde Meiner Seinsnatur. Mich selber brauch Ich nicht zu zügeln; was Mir einfällt, fällt dem Ganzen zu, das Ich Mir Bin in überbordendem Geschick und meisterlichem Über-Mich-Verfügen. Geschehen kann nur, was Ich selber ins Geschehen trage, gewährt sind alle Dinge Meinem universenweiten Tun in strahlendem Besinnen, in der Güte Meiner Kür, wie im getragnen Rhythmus, den Ich Meinem Wesenswirken auferlege.

Immer ist Bewusstsein Helle, Heiterkeit und Heilkraft, wenn Ich Mich dazu befrage; immer ist es Weisheit, Wille und Wahrhaftigkeit im reinsten Sprudeln, wenn Ich Mir bewusst Bin, was Ich Bin in Ahnenlosigkeit und Selbst-Genügen.

Weihung an das Urgefühlte Meines Wesens will Ich sein, sowie Ich Meines Ausgangs Mir gewiss Bin, Heiliger im Strahlenmeer des Seinserwachens, Meines Wirkens inne, bis zur letzten Fiber eingezähmt. Wirklich ist, was in des Seins Verwirken endet; Trautheit in Mir selber ist darin Mein einzig Los im seinsgesammelten Vermögen Meiner Allheit, Spur um Spur.

2.9

Einer Frucht Gehäuse Bin Ich lebelang in dir, Same deiner Unschuld, der Enthüllung harrend, wo du gehst und stehst, denn, was dich mindert, macht Mich gross. Erahnst du, was in dir noch schlummert, sehnst du dich danach, den Schatz des wahren Selbstgefühls aus dir zu heben. Versäume nicht den Tag und lass dich von Mir in der Stille ins Bewusstsein Meiner Gegenwart entführen. Leih Mir deines Sinnens strahlendes Vermögen, dass Ich es erfülle mit der Weisheit Meiner Gaben, dass Ich deines Wesens Hüter sein kann und dich führen mag auf neuen Wegen gradewegs ins Ziel.

Was in dir jahrlang leise sich entfaltet, ist Mein Innesein, das dein Bewusstsein mählich wandelt, bis zum Erkennen deiner selbst, in eins verflochten mit dem Weltsinn, der Ich Bin und der Du Bist seit Anfang, ohne es zu wissen. In deinem Dich-Begründen trage Ich Mich Meinem eignen Wesen vor. In deiner Absicht sichte Ich, was Meinem Wollen frommt und Meinem allerfüllenden Vermögen. Trachte deshalb, nur in Meinem Sinn zu sinnen und zu handeln; dich Mir bewahren sollst du allezeit, damit das Ganze Harmonie gewinne und wahrhaftigen Götterstil. Keine Tücken lass Ich gelten; Mein Gesetz verwirft, was unrecht sich gebärdet und belohnt die Treuen mit Erhabenheit und Ruh. Im Bund mit

Meinem Sein wird alles sich mit Elfenleichtigkeit ereignen, was dir ansteht noch in Meinem Dienste zu vollbringen. Mein ist dein will Ich besagen und damit die Einheit deuten in des Lebens Rezeptur. Wesen Meines Wohlgefallens sollst du sein mit jedem Schritte, den du unternimmst, mit jeder Geste deines gut gewordnen Willens und mit jedem Schwenker aus der Mitte deiner Bahn. Alles Wirken sei auf Mich bezogen und in Mir vollbracht in deinem Schöpferstreben; nur Vollenden lass Ich zu in jedem noch so unscheinbaren Teilchen Meiner überragenden Struktur.

Im Bewusstsein Mich zu sein muss niemand mehr verzagen. Sel'ge Einheit mit dem Weltgefühl verbrieft die Wonne, die die Seele dann empfindet, und die Meisterschaft des Sich-Erfühlens lässt die Freude los am Ewigen, das wie die Sonne sich zur offnen Blüte wendet, wunderbaren Webens.

Nur dass sie sind, ist allen Dingen aufgegeben, nur dass die Sendung ihres Wesens sich erfüllt in Mir, ist Meines Wogens mütterliches Wünschen, Meiner Weisung Inhalt und die Sehnsucht Meiner allumspannenden Gebärde in Gehilfenschaft und Bangen, in Gelassenheit und Güte und im überragenden Gewahren Meiner Seinsbewusstheit, allweit, unfehlbar und wahr.

2.10

Ebenmass und Wohllaut des Gedankens sind in Meiner Landschaft Blüten des Beschauens immerzu. Wohlgemut an jeder Wende Meines Mich-Gebärdens reih Ich Schönem Schönheit zu und gestalte, was Ich meine Meiner Gunst gemäss zu seinem Besten. Weisheit wird in allem offenbar, was Ich bewege, Trautheit mit den Meinen wirkt wie Balsam auf ihr hoffendes Gemüt und verwirkt sich nie in ihrem seinsbedingten Dauern.

Weben muss und kreisen jede Meiner Wirklichkeiten pausenlos in Mir. Manifest der strömenden Lebendigkeit Bin Ich in wogender Bewegtheit, wie im sorgsam Mich-in-Meiner-Eigenart-Behüten. Nur in Mir selber kann Ich wahrhaft auf Mich zählen. Mir verwandt sind die in Mir sich fühlen; unerwünscht sich selber sind die Illusionen-träger ziellos vor sich hin, denn das Wahr-

haftige ist ihnen fremd in ihrem Bauen.
Wer weidet sich am eignen Adel, wenn nicht Meine Nützlichkeit in allen Dingen Meiner Schöpferkür. Worin liegt Meines Strebens Würze, wenn es nicht ins immerwährende Vollenden dessen mündet, was Ich liebend Mir erschuf. Eine Flut von seltener Geschmeidigkeit tauft Meine Werke und beseelt sie mit Gelingen und Beständigkeit vor jeder anderen Mixtur. Bewusst und klug zugleich steh Ich vor Meinem abergründigen Wirken und befehle unfehlbar den Weg der Schrankenlosigkeit in Mir. Wohlan, Ich hab Mich nimmer noch verstiegen, weil die Gründe Meines Handelns tiefer gründen, als das offenbare Weh. Dereinst wird alles klar vor Meinem Schauen liegen in der Schaukraft Meiner Wesensnäh, Bräutlich wird dann alles nur auf Mich bezogen Meiner Pfade sich erfreun und alles Fremde von sich streifen. Jubeln werden die Geschlechter, wenn sie sich als Gottestrunkene in Mir erfahren und Mich selbst zu sein vermögen im Erkennen ihrer innigsten Bezüge. Rauschen wird dann alles von Begeisterung und blühendem Gedeihen; überbordendes Geschick wird sieh vor aller Augen offenbaren und der Dinge Lauf wird auf dem höchsten Gipfel stehn. Ja, und Meine Selbstheit allweit wieder zu erlangen wird Mein Ausgehn dann besiegeln und besänftigen zum Götterschwingenruhn.

2.11

In der Geborgenheit des Seins sind alle Meine Kräfte in sich eins und jede Fiber Meines Wesens schwingt wie ein glückselig Saitenspiel. Ich steh am Brunnen der gelöstesten Gefühle und betrachte Meines Inneseins Gefilde, wie man sanft gewellte Landesweiten, sonnenblumenträchtige, besieht. Es schwillt die Stille wie zu einem Brausen an und eine See von Heiterkeit und Frieden breitet sich vor Mir in nie erreichte Fernen. Nichts mehr zu bedürfen, weil Ich alles in Mir habe, keiner Freundschaft dürftig sein, weil Ich Mir selber im Geringsten und im Grössten Freund Bin in unsäglichem Beglücken.
  Wie erklärt sich solche Weise des Sich-selbst-Erhaltens? Welche Gründe tragen sich Mir an, den.

Siegespreis zu feiern? Das Erkennen, dass Ich Bin in nie verebbendem Bekräften Meiner Seinsstruktur, im Aufblühn reiner Fülle vor den Toren Meines Schauens und im wesenhaften Wonne-Fühlen. Leichtigkeit des Wählens wundervoller Läufe des Gedankenspiels, Tänze des Entzückens wie Gediegenheiten in der Art von farbenprächtigen Sträussen sind Mein Teil in diesem Mich-Verweilen. Was das Sein betrifft, sind keine Zeiten zu vergeben, denn das Gegenwärtige erfüllt sich stets im Zuge des Allwissens und des Allgeschehns, dem Augenblick dahingegeben. Überschaun des Künftigen kommt so zustande, auserlesen aus dem kräftevollen Ausstoss der Gegebenheiten und den Wirkungen, die sich daraus ergeben. Elemente Meines Handelns sind Verlässlichkeit und absolute Zuversicht ins Wohlgelingen jeder noch so fein gesponnenen Idee. Was Ich Mir jederzeit besage ist auch jederzeit schon wahr. Wie die Münze präg Ich mit Gedankenkraft, was Ich zu modellieren habe, blitzgeschwind und fehllos ohne Zögern. Wie ein Windhauch ström Ich über alles hin, was Ich zur Zärtlichkeit Mir bilde und zum Mich-Ergeben in der Morgenruh. Weihe an Mich selbst geschieht in solchen Gründen, Finden absoluten Wohlklangs im Versöhnen der Geschlechter, in der Übereinkunft liebenswerten Tuns und dann im Aufblühn eines zauberhaften Lächelns, die Gelegenheit als Freudenfeier zu begehn.
Wachheit, ewige Wachheit zieht sich durch das Seinsbewusste und gewährt ihm flimmernde Glückseligkeit in sanftem, lichtem Frieden.

2.12

Wie reich sind die Begründer eines reichen Namens; wie taufrisch präsentieren sich die Seinsgesichter, wenn sie in Verzückung stehn. Ja, dies allein kann ihnen helfen in der Menschennot; Brot vom Himmel in der Seelenfähigkeit erleben, ist so süss und kann ihr heimwärts leuchten, wenn die Lichter der Vernünftigkeit erloschen sind. Beweise gibt es für dich keine. Nur der Test an deiner eignen Lebensweise zeigt dir, wie du bist und wie du sein kannst, selig und erhaben. Feire deine Abkunft in den

Zeiten wonnevoller Ruh, geliebtes Herz und lass die Weihung eines Gottes in dich fahren.

Unbescholtenheit im Weh, Bewusstheit in den Niederungen hebt dich leichthin zu den Sternen Meiner Trautheit im vertraulichen Gespräch. Deine Dinge will nur Ich gestalten, deinem Sein obwalten ist Mein Alles in der letzten Konsequenz, in die Ich alles führe. Von. einem Rascheln wirst du stets betrogen; doch die Seinspräsenz nimmt dich ins Glühen der Wahrhaftigkeit und weist dich Meiner Fährte zu, die alles übersteigt und jede Weise des Geschehns durchdringt im Alldurchdringen. Wie gelöst und sicher darfst du dann dein Liedchen singen, wie verbunden bist du Mir, in deinen Heimlichkeiten.

Hoffen ist das Tun nach Menschenmass, Seinserfülltsein die Gediegenheit des Unfehlbaren, dem sich alles unterzieht, was *ist* und untergeht im Meer der überwältigenden Freuden. Nur die Köstlichkeit der Sphären lasst dich unbeschadet deine Zeit geniessen; nur dies Vorbild ist Beständigkeit im Abgeklatsch der Illusionen.

Meine Art gefällt sich selbst in nie gestörter Harmonie des Weilens. Meiner Dinge Überfluss lässt alle Zweifel ungesäumt zerfliessen und beschert den Treuen Weisheit, Fasslichkeit und Grösse in der guten Stube ihres Sich-Verstehns.

Ihre Lust ist die Gestalt der Heiterkeit, in der sie stets einhergehn, ihrer Freude Nahrung das Befreitsein von den Dingen des Begehrens. Nur dies eine: Einssein ist ihr Ziel und ihre Würde, ihrer Makellosigkeit Befinden und das Tor, durch das, mit Immergrün bekränztem Scheitel, alle eingehn, die voll Seligkeit zu Mir gehören.

2.13

Blick auf und sei gewappnet und getröstet in der siebenfachen Reinkultur, mit der Ich dich begabe. Kein Weh, das Ich nicht überwinde, kein Anfall, dem Ich nicht die Sporen zeige, dass er ausbricht und verschwindet ohne Spur. Der Wert des Weltenseins wird endlich nur nach Mir gemessen, wenn Meine Züge sich im Einzelnen von selbst verstehn. Das Liebelicht ist aufgesteckt in jedem

Seelengarten, dem Ich innewohne, wohlvertraut und schön. Das sei, so wird gesagt, des wonnevollsten Ziels Erreichen; das Ist, von Mir gesegnet, was Ich immer will und will und will.

Wie edel präsentiert sich Mein Gehaben, wenn Ich es vor Meiner eignen Würde seh. Wie trieft von Weisheit, was in Mir sich in geduldigem Teilen immerzu vollzieht. Nur Können und Erfahrung bringen solche Meisterschaft zustande; liebewollendes Begleiten schützt die seinsgeschaffnen Wesen vor Verwundung und Gefahr. Geläutert gehn sie Mal für Mal aus jeder Trübung des Bewusstseins allsogleich hervor, wenn sie Mich fühlen, stärkend und bereinigend in sanftem Überlegensein. Behutsam lös Ich, was noch anhing und befreie von den selbstgelegten Fesseln, bis die Munterkeit sich in die Runde breitet und der wahre Götterstil.

Wie leg Ich doch in Meiner eignen Hände Beuge, was Ich denen anvertrau, die noch im Lebensstreite liegen. Wie trag Ich Lasten durch die Zeit der langen Nächte, ohne Mich zu beugen, denn Mein Treuewort ist ewig wahr. Geschickt beweg Ich alles schliesslich doch zum Guten, das Ich Mir seit Urzeit anbefahl; getroffen Bin Ich nie, wenn auch betroffen in der eignen Kühle. Erwählte sind in Mir, die selbsten sich erwählen, Bedeutende, die sich bedeutend halten, ohne Wenn und Aber im geheimen Götterwerben. Alles Kleinliche will Kleinliches gebären, das Grosse Grandioses in Grandezza und Gelassenheit vor Meinem Augenblinken. Trug ist denen fern, die Meinen Wundern sich verpflichten, Arglist nur ein Übel, das es auzutilgen gilt im Buch der Schulden. Wen Ich einzig noch ernähre, windet sich im Tanz der tausend Lieblichkeiten wonnevoll dahin und belebt den Hang zum Allvollenden, den Ich ins Äonenspiel geheimnist habe.

2.14

Ein Gemüt in Ungebundenheit im Strom der Weltentage, aufgetaucht ins Sphärenlicht, bewusst erlebend, was es heisst, den Urgrund seiner selbst zu feiern. Ichsein ohne einer Not zu frönen, Allbeweglichkeit zu üben in der Leichte aberwitzigen Vogelflugs, von Spur zu Spur sich freier noch zu fühlen: Welche Schönheit des Erlebens, welch Geschenk der Ahnen in der Generationenfolge guter Geister, die sich selbstlos ihren Weg bereitet haben. Milde strömt aus Meisteraugen, die die Wesen im Entfalten sich besehn. Tugend lehren sie aus eigenem Begründen und begleiten die Vertrauten ihrer Wahl. Wesensgleichheit sollen alle still erfahren, die im Schreiten sich zur Wachheit wenden; volle Seinsbewusstheit sei das hehre Ziel. Die Nuance ist nicht schwer zu finden, die sich äussert in der Pracht des klaren Unterscheidens zwischen Welten-Ich und All-Sein in beglückender Manier. Bist du nur einmal dieser Würde teil geworden, suchst du ohn' Unterlass, die Fährte wieder aufzunehmen, die zu solchem Ziele führt. Sein im Sein, welch kühnes Unterfangen, seligsein im Makellosen, welch Erringen, welche Glorie im innigsten Bezug. Da gibt es kein Zurück-sich-Sehnen, keine noch so grosse Lockung zieht die Seele mehr vom Ruhen im Unendlichen in liebelichtem Spiel.

Nur dass sie sich besinnt auf Brudersphären, die zu fördern und begüten sind in langgedehnten Zügen des geduldigen Unterweisens. Nur dass das Eigene in allem alles selig wissen will in einer grandiosen Schau der Einheit aller Dinge im Allhier. Das Selbstgefühl hat sich ins Allgefühl geweitet, das Zärtlichsein beginnt, das Allgemeine sanft zu überspielen.

O Mensch, schau auf und sieh die Chance, die sich dir entbietet. Erweck zutiefst das Feingefühl, das in dir schlummert für die Dinge die sich über deinem Sinnensein vertun. Hab acht auf jede Regung des Gewissens, die dich zum Erkennen höh'rer Wirklichkeit will führen. Meiner Wege viele leiten dich allein zu diesem einen Ziel. Und dass du jetzt schon Bist in Meiner Allheit, sei dir nicht verschwiegen. Nur erkennen sollst du deine Würde, dein Erhabensein und das Gebinde rauschender Glückseligkeit, das schon seit immer deinem Innesein erlesen.

2.15

In Lieb und Treue Bin Ich dir verbunden offenbar und in beneidenswertem Mich-in-dir-Begreifen. Was du meinst ist aus den Tiefen deiner vielgepriesnen Wirksamkeit Mein Mich-Versinnen, leichten Fluges der Gedanken und gewappnet in Mir selbst, Unendliches zu leisten. Was immer sich in Farben brüstet, ist ein Kolorit von Mir; was karg und schlicht sich präsentiert, ist Meiner Kargheit wendiges Gehabe.

Gefeiert Bin nur Ich, wenn andere dein Lob versuchen, genehmigt hat Mein Alles-Überschauen, wenn sich in deinen Zügen Wunderwirken regt. Wie bist du doch in dir verloren all so lange, wie dein Hang zum Lösen aller Rätsel dich bewegt. Wie findig bist du doch, sowie du Mich gefunden im Geheimnis deiner Widerspenstigkeit, wie im Dich-Fallenlassen in die Weiten Meines Raumgefühls.

Bewahrst du Mein Bewahren, tragen dich die Wogen des Bewusstseins hoch ins Trauliche von Meinen Gnaden; bist du lauter, flüstre Ich dir Sagenhaftigkeit ins Herz von unaussprechlichem Gepränge. Gunst und Grazie von Meiner Seite sind bezaubernde Geschenke Meines DichVerwöhnens, Hall und Widerhall Geschöpfe Meines Rufens.

Immer trägst du Wasser in die See, wenn du vermeinst, Mein Angebot zu überbieten; Schlauheit ist ja schön und wird dich trefflich schlauchen, sowie du dich in ihr gefallen willst vor Mir. Gewinne Achtung vor dir selbst, indem du Meines Achtens dich befleissigst; stoppe deiner Tage Drill und lasse Meinen Honig über deine Brötchen fliessen. Wie die feingefühlte Windsbraut Bin Ich dir für Zeichen und für Zeiten nah in jedem Unterfangen deiner Seinsgebrechlichkeit, es in den Glanz der Tauglichkeit zu heben. Seinsbedingt bewegst du dich allein in Mir und brüstest dich dazu, den Pulverdampf entdeckt zu haben.

Nenne dich bescheiden und gewinne, was dir frommt aus dem Vereinen mit der Seinsgediegenheit in vollem Dich-Besinnen auf ihr Wohl. Beschaulichkeit und Freude werden wie die Blümchen aus dem Garten deines Seinsempfindens spriessen und den Hauch der Zartheit über deine wundervollen Seelenlande wehn.

2.16

Kein Rastplatz hier im Grünen. Keine Stätte der Verherrlichung der eignen Züge. Alle Wesen haben ihre Tücke, wenn sie planlos tuckern vor sich hin. Geschabt, gerissen und beschämt enteilen die dem Wirklichen, die meinen, es für sich allein erwirkt zu haben. Drangsal und Verödung ihrer Seelenlandschaft ist ihr selbstgeschaffnes Los.

Wozu sich von Mir ferne halten, wo Ich doch in Immanenz vorhanden Bin in jedem Gran des sichtlich Offenbaren. Wozu taub sein für die seinsverlockenden Bezüge zur Verfeinerung der Sitten, zum belebenden Gedanken an das Übersinnliche und zur realen Kenntnis dessen, was sich irreal gebärdet. Trug ist vieles, was die vielen Vorbild nennen, Schatte, was sie sich als Lieht besehn im Fahlen. Freilich lässt sich Mein Berufen nur in wesenhafter Strebsamkeit erreichen, lassen sich die Dinge Meines Seinsgewissens weder kaufen noch verhökern in der Judasstube eures Wahns.

Milch und Honig lass Ich fliessen wunderbaren Leuchtens der Gerechtigkeit und Milde, wo Mein Tempel sich erhebt im Herzgefühl der Einfalt und im flimmernden Vertrauen auf die Richtigkeit und Güte dessen, was Ich immerzu in Worte fasse wahrer Remedur. Kein Wacher kann sich dem entziehen, was Ich strahlend in die Raumesweiten zieh, kein Suchender, der nicht mit einem Mal in sich Mein Werk wird finden, aberselig und für immer in die Sicherheit des Seins gestiegen, wohlverwahrt in Mir.

Getaufte lassen sich nicht leicht betrügen; von Mir Gesegnete begleitet, was Ich Bin, als Hauch der Frische und des überirdischen Versöhnens. Fündig Meiner Regelkraft geworden, trauen sie sich Dinge zu, die manche noch als Aberwitzigkeit bezeichnen. Ihrer Seinsgebärden Leichtigkeit wird diese alsbald Lügen strafen, wenn die Welten aufeinanderprallen und die eine Wahrheit sich erhebt. Nie magst du deiner selbst gewisser sein, als in der Traulichkeit der Sphären, in die Ich dich geführt und die es in sich haben, jedes Mass zu übersteigen an Vernüftigkeit und Sitte in der Fülle Meiner Liebesgaben. Weide dich und weide sanfte dich an ihr in Meiner Gründlichkeit im Seinsbeschauen.

2.17

Durchlichtet sind die Räume Meines Weltbeschreitens, erhaben Mein Bezug zum wirklichen Geschehn im Reich der strömenden Gedanken und der ungeteilten Meinung von Mir selbst, in die Ich staunend Mich gezogen. Unvermittelt, glasklar und bedeutsam ist, was Ich Mir ins Gewissen lege in der Kunst des ätherisch gewordnen Bildens neuer Phänomene. Von subtilem Heitersein begleitet sind die Kapriolen Meines Sinnens, so wie Freunde sich voll Freundlichkeit auf ihrem Weg zum selben Ziel begleiten.

Reich - und dürftig Bin Ich Mir im fortgesetzten Streben nach Begeisterung und Würde in den Gliedern Meines Mich-Erschaffens; ungestüm und seinsgelassen wandle Ich den Pfad des steten Mich-Veräusserns wie der wachsenden Herzinnigkeit im Vielerfahren Meiner Myriadengründe. Stofflich und unstofflich Bin Ich Meiner eignen Gläubigkeit Brevier, die Dinge einmal noch ins rechte Licht zu rücken Meiner überbordenden Geschicklichkeit und Meines nie erlahmenden Gewinnens neuer Weisen unfehlbar zu sein in Seinsgelassenheit und wunderbarem Mich-Befrieden. Alles trau Ich Mich zu unterfangen, jede Regung Meines Mich-Empfindens macht Mich reich und schön. So durchsinne Ich Aeonen und bezaubere Mein Mich-Erraten ewig neu mit neuen Wenden des Gestaltens, des Vergütens und des unverbrüchlichen Erfüllens Meiner Wesen mit der Seinsmagie. Das Sich-selbst-Bewusste ist allein Mein Ziel in aberhundert Runden des Erreichens unbedingter Meisterschaft im Weben.

Leise, leise fass Ich Mich in Mir zusammen, noch im Schauen der Gestirne, die getrost durch Meine Weiten ziehn. Ja, in ihnen blüh Ich auf im liebeglühenden Vollenden Meines Sehnens nach Glückseligkeit und einigem Mich-Finden in der Allgeschwisterschaft der Dinge, die zu fühlen sind und sehn. Machtvoll streif Ich durch die Gründe Meiner Zuversicht und begründe neue Kolonien, wo Ich will Mein Allessein zu neuem Glanz erheben. Siegessicher zieh Ich so dahin und füge Licht zu Licht in strahlender Behutsamkeit, das Werdende mit Güte zu vermählen.

Verehrung zoll Ich Mir im eignen Staunen ob dem Grandiosen, das Mir innewohnt im Mich-Verkreisen, wie im Wehn der Gnade, die Ich allem, was Ich aus der Fülle schuf, entgegenbringe, um Mich in den Stand der überwältigenden Wonne zu versetzen, allweit, weise, lichterloh und wahr.

2.18

Ein göttlich Liebesabenteuer soll es sein, was dich befeuert zu heroisch wundervollen Taten, eine Herzensangelegenheit, die Unerhörtes von dir fordert und dir hemmungslos Glückseligkeit gewährt in vollen, warmen Zügen. Dich ins Unbekannte stürzen ohne Wenn und Aber soll der Mut, den du gewonnen, dich stählen zur athletischen Behendigkeit das nimmermüde Üben von Geduld und strömendem Vertrauen, bis das Gleichnis sich erfüllt, dass Liebe sich in Liebe eins ist in bewusster, überwältigender Harmonie.

Du selber brauchst dich nicht zu regen, wenn du vom Sein bewegt bist bis zur letzten Faser deines Allgewissens; deine Tugend fasst sich in die Tugendhaftigkeit des Allsinns, wie ein köstliches Juwel und wird in alle Ewigkeit vor aller Augen glänzen. Mehr nicht als in das Meer des Fluidums der Gottesherrschaft sollst du tauchen, sollst dich berauschen am Arom, das jedes Seiner Worte rauschend dir verströmt, dem Unerhörten Raum zu geben. Leiste dir die schicksalhafte Wende zur Geburt ins ewige Begreifen deiner Seinsergriffenheit im Klaren, finde überird'schen Trost im Wissen um die höchsten Dinge menschlichen Befindens im geheimnisvollen Gleichmass mit der Gottesweisheit, Seel in Seele, Sein in Sein und Seligkeit in Seligkeit im Überfluss der Gnaden. Wie gekonnt ist alles, was sich in der Lichtheit sonnt, dem Ungemach entronnen, wie erhaben in sich selber, was sich dem Erhabenen verpflichtet, unbedingt, wahrhaftig und mit einer Glut der Sehnsucht, die die letzten Fesseln sprengt der irdischen Gefahr. Nur im Höchsten sich bewahren will das leidenschaftlich suchende Gemüt, nur im Finden sich der Ruh befleissen, zart umflort von Melodien ewiger Genügsamkeit und in der Sanftmut des Umfangens aller Dinge wie von Sinnen, lächelnd, siegesselig in der Grazie der Allgunst, willig, raumesweit und schön.

2.19

Ich Bin die Weltenherzlichkeit, die im Zusammenfügen das Unerhörte leistet, dass wir sehn, wie alles sich zum Guten wendet, wo der Menschenwille sich lässt führen. Es ist, dass wir in ihr die Lebenskraft erküren, die alles anregt und in ihres Schwingens Wohlverstand Naturgesetze zeitigt, die von Stern zu Stern die Wesen zur Vollendung ziehn. Nun denn, wie gross ist das Gefallen an den Dingen, die dir makellos zu Häupten stehn? Willst du ihrer Weisung Klang vernehmen und geradewegs die Schritte zur Verehrung ihrer Güte wenden. Wie geheimnisvoll auch immer sie sich geben, sie sind wahr und nicht zu rütteln ist an ihrem Gegenwärtigsein zu deinen Gunsten. Spannst du sie in dein Bedenken, reisest du wie auf dem Teppich des Fakirs dahin, das Unwahrscheinlichste voll Würde zu geniessen. Sagenhafte Träume werden wahr; wie aus dem Nichts geboren treten Dinge vor dich hin, die vollends deinem innersten Gefühl entsprechen und Verwandte sind des Ewigen, das in dir west seit Urerdenklichkeiten. Und bist du ihnen treu, verwandeln sie dein Leben in ein Fest der Tausend Variationen, in ein Wonnesein von Tag zu Tag voll Schaffensdurstigkeit und Liebe zu den Werken deiner Wahl. Untrüglich wirst du dich vom Wohlklang leiten lassen, der dich aus dem Innesein beschwingt und seiner Gaben Viele lieb vor dir verbreitet, dass du sie im Modulieren schön machst und gediegen. Das ist Meisterschaft im endlichen Zusammenspielen aller Kräfte, die da sind die Sinnkraft zu entfalten. Gläubig und gewandt soll deines Willens flutende Beharrlichkeit in Mir sich hin und wider wenden und gezielt die Ziele Meiner Wucht zur Andacht auserlesen. Seinsnatürlich sollst du sein und wie das Rosenbäumchen aus dem Wurzelsaft zum Himmel streben. Myriadenweise will Ich das Zur-Frei-sich-Entfalten sehn in dir und Meinem Zug zur Einigkeit im Welt- und Allverstehn in seligem Ergänzen.

2.20

Allbereit und Allerkoren Bin Ich das Agens der Weltenwirklichkeit in allen Phasen des Verwandelns Meiner Kräfte in Gebundenheit und Stil. Wer sich loslässt hat Mein Ich gefunden in sich selbst und spürt Mein Freisein in der selbstbewussten Art des Absoluten. Mehr brauche Ich Mir selber nicht zu sagen, als das Eine, dass Ich Bin, wo immer sich Bewusstheit regt und wo die Teile sich zum Ganzen fügen.

Manifest der Hamonie Bin Ich in jeder Herzensfalte, die gewünscht hat, ohne zu erlangen und, des Wünschens müde, nun in Meiner Innheit ruht, dem Seligsein dahingegeben. Was der Tod sonst bringt, bringt hier das Leben, was die Stille sich ergattert ist hier strömendes Gestilltsein in unendlich feiner Zartheit des Empfindens.

Wenn Ich sage: "Weide Meine Lämmer", sag Ich: "Weide dich daran, die Züge Meines Wesens vor dir her zu treiben und dein Leben zu gestalten nach der Weise Meines Dich-Verlockens zum gefeierten Umrunden deiner Welt nach Meiner Kür." Im leichten Tanz vollzieht sich dann, was Ich Mir biete in der wesenhaft gewordenen Gedankenflut von Meinen Gnaden; in der Absicht des Vollendens kreuzen sich die Wege und verknoten sich zum grandiosen Muster Meiner unverbrüchlichen Textur. Nur dich gebärden so, als ob du nichts aus deinem eignen Willen tätest, macht dich wahrhaft froh und ist schlussendlich selber dir zu Diensten, weil Ich Bin in deinem Handeln aller Dinge Mass und Ziel. Ist das wenig, ist das viel; braucht es noch die Rute, dir den Nimbus einzuprägen Meiner Sagenhaftigkeit im Mich-Begeistern am Verändern Meiner Seinsstruktur zum Besseren und Wohlbewussteren in jedem Gran des Schöpfungsabenteuers, das Ich Mir spielend auferlege.

Die Mitte Meiner Herzlichkeit ist eine See von Heiterkeit und Frieden. Voll Sanftmut neig Ich Mich Mir selber zu im Röhricht der Verschwiegenheit, dem Hauch der Zärtlichkeit voll Wonne hingegeben.

2.21

Wer setzt den Schlussstein hinterdie Geschichte Meines Mich-Erhebens, wenn nicht Ich selber in der Glorie des allumfassenden Gedankens, im Mich-zuletzt-ins-Ungebundne-Führen und ins Heitersein, das Mich beseelt im Zeitenlosen. Erreich Ich dies im Einzelnen, erreich Ichs auch im Ganzen Meines Seinsvermögens, Gran zu Gran und Welt zu Welten in der überragenden Geschicklichkeit, die Mir zu eigen.

Wie lass Ich doch die Dinge Meiner Treu ihr eigen Schicksal führen, bis Ich Mich in ihnen als Mich selbst erkenne in des Staunens losgelöstem Lächeln und im Fluidum des ewigen Seligseins, dem Ich nie mehr entsteige. Dem Mirakel setze Ich ein Ende, wie das Pünktchen auf das 1 und überschlage Meines Wirkens Vielfalt in gewandtem Kalkulieren. Unerreicht und unbescholten steh Ich vor Mir selber da und weide Mich an dem, was immer Meine Weide war im übersinnlichen Gepränge Meines Mich-Erkürens und Erfüllens. Land um Land erstand und Zung um Zunge senkte sich ins Meer der Unermesslichkeit im aberwitzigen Äonenweben. Überschauend und begatend flocht Ich Meine Gegenwart ins Treiben und ertrug die Pfeiler des Gewölbes, das Ich um Mich spannte in Gelassenheit und Ruh.

Geliebte Meines Seins sind alle Dinge Meines Bleibens. Ausgang und Vollenden sind demselben Blicke offenbar in Mir und lassen sich nicht trennen von des Werdens Wehlaut in der Aufeinanderfolge des Geschehns. Ich Bin im Weiselosen eine Weise ewigen Mich-Verspielens wie ein langgedehnter Silberflötenton, wie eine Saga des Verschenkens reiner Anmut in der Grazie glückseligen Verweilens.

3

Aller Mächte Tugend

3.1

Ein jeder Fluss im Zeitlichen zieht Ewiges in seine Fernen und verändert, was wir sind in wunderbarer Weise vom Beschränkten zum Geöffneten, vom Niederen zum Hohen und vom Unbedachten zu der Weisheit lichtem Schauen.
  Hüte deine Schätze, die da sind wie Perlen deinem Wesen eingefügt und lass sie treu an dir ihr Werk vollbringen. Lass sie heilen, was verwundet, lass sie Freude in dich strahlen, wo du Trosts bedürftig bist und spüre, wieviel Kraft sie dir zu deinen Unternehmungen versprühn.
  Es ist ein Born der Trautheit, der sich in dir findet, eine Ebene des Wohlgeborgenseins, die dich umgibt und weit enthebt dem Tal der Lebenssorgen.
  Sei in Mir, der Ich dich liebe eine Frucht des Seinsvertauens und gewähre Mir und dir die Freude der Beständigkeit im Gutes-Tun für dich und für die Welt im Allgemeinen.
  Stärke, Wohlgemutheit und erschütterndes Das-Licht-Ersehnen leg Ich dir ins Seelenangesicht und lass dich wissen, dass Ich immer stumm und zart bei dir verweile.

3.2

Verlange nicht nach Achtung derer, die dich teilnahmslos umstehn. Ihr Blick verrät, was sie sich denken und ihr Herz verhaspelt sich im Spinnen eignen Wohls.
  Was du selber dir errungen, sei dir Lobs genug und was Ich dir darüber weit hinaus verschenkte, sei der Stimmung deines Danks empfohlen. Ohne Absicht sei, was du den Deinen gegenüber tust; du sollst nur Liebe und Vertrauen säen, ohne noch der Ernte zu gedenken. Wahrhaftig gross und schön sei, was an Tugend dir erblüht im Streben nach Veredelung der Welt, in der du wirkst und lebst und in der innigen Verehrung dessen, was dich führt zu deinen Taten.
  Wie Balsam strömt der Fluss erhabener Gedanken dir ins Herz, wenn du dich lösest von den eignen und so jede Furcht und jeden Zorn verlierst, die dich besitzen wollen. Reinige dein Wesen im ergreifenden Gebet um Heil und Heiligkeit. und sei von dem beglückt und wunderbar

gestärkt, was Ich dir sage; denn die wahren Kräfte wirken ungesehn.

3.3

Den Vater aller Sterne flehe an, dir doch den Weg zu zeigen. Dann ist er offen und gerade und du weist ihn Ebenbürtigen zu in deinem Schreiten. Jedem geht es so, wenn er, des Handelns bar, die Hände öffnet, um den Wink und die Wahrhaftigkeit des Höheren zu empfangen. Das Vertrauen zieht die Kräfte an, die sich dem Traulichen fürs Leben gern vergeben.

Schalte, walte in der Einheit dessen, der dich liebt und lass auf deinem Antlitz einen Abglanz Seiner Sonnenhaftigkeit erscheinen. Schmieg dich ungesäumt in Seiner Arme Wohl, dem Überlegen fern in jeder Herzenslage und dein Glück wird strömen immerdar.

Was heisst Verheissung, wenn nicht Das-sich-Offenbaren dessen, was du siehst in deines Schauens Gründen. Heisse dich willkommen in dem grünen Tal und wisse, dass die Wissenschaft des freudeschaffenden Erwartens sich an dir bewährt, wenn du sie unentwegt zu Rat gezogen.

Sei ein Baum, doch bäume dich nicht auf, wenn dich die Lebenswinde übersausen. Sei schmiegsam, biegsam in der Kunst des Dich-Behauptens auf der Götterspur und träufle Segen deiner Art ins Weltenstreiten.

3.4

Befreiung liegt allein im Wesen Meiner Güte, Vollendung äussert sich in dem, was Ich dir Bin in Mir. Nie hat ein Teil zum Ganzen sich erhoben, wenn es nicht dem Einen sich vermählte ganz und gar. Sei voller Zuversicht, dass dir dies Wunderwerk gelinge; weite dich und weite dich zu Mir.

Schon hat dein Herz den Freudenschall vernommen, der sich durch die Sphären zieht in leisem, linden Her und Hin, der Grazie des Seins ergeben. Was du von Mir weisst, ist Meines Wissens Ausfluss, was sich dir enthält, dein Blocken auf der langen Fahrt ins Ungewisse Meiner wissenschaftlichen Gebärde. Komm und schau allein auf

Meines Fügens Weise deinem Leben zu, im unerschütterlichen Unterweisen. Was Ich gerade vor dich hingelegt, sei deines Schreitens Pfad, und was sich in Mäandern windet meinde, deiner Kräfte eingedenk, die kein Verschwenden mehr ertragen.
Weisheit träufle Ich in dein Begaben und Gewandtheit lehr Ich dich im Götterstil, den Dingen deinen Willen einzuprägen. Schau, Ich lass dich nimmer los im wunderbaren Dich-Erlösen.

3.5

Wachend webe, was sich dir ergibt aus Meinem Dich-Begründen. Meisterschaft ist dir ein Kinderspiel, sowie *Ich* deinen Sinn mit Zauberkraft begabe. Wie ein Herold trittst du aus dir selber ungesäumt hervor, wenn Meiner Fülle Labsal deine Schritte ziert zu unerhörtem Dich-Gebärden.
Leg die Weise Meiner Weisheit liebvoll vor dich hin in Lettern der Bedeutsamkeit, in jeder graziösen Wendung, wie im Wohllaut der Holdseligkeit, der ihr entspringt ins hingegebne Lauschen.
Mit der Strahlkraft Meiner Gaben leuchte du der Welt ins finstre Angesicht und trage Helle, Glut und Reinheit in ihr Seinsgebaren. Unermüdlich setz Ich Zeichen der Entschiedenheit in deiner Tage Tand, bis endlich du begreifst, was sie dir gütlich sagen. Weide dich am Wohlverstand, den Ich in deines Sinnens Schale lege und erwirb dir, was du rechtens sollst erwerben.
Deine Münze sei mit Meinem Bild beprägt, auf beiden Seiten, dass dir nichts entgeht, was in der Einheit Meiner Züge deinem Wesen frommt in nie versiegendem Bewahren. Heil und Hilfe Bin Ich deinem Tun im Windspiel widerspenstiger Gezeiten.

3.6

Was sich in Qualität entlädt, ist Meines Wirkens Stil; was in sich ruht, geruht in Meinem Sinn zu weilen. Getaufte Meiner Güte tragen sich nichts nach, Gerechte haben keine Zeit, sich über etwas auszulassen; sie verstummen vor der stummen Menschenqual und senden Licht in ihre Sphären.

Was im Trauen sich erhellt, ist Helle Meiner Treu, die von Bewusstsein zu Bewusstsein sich verbreitet in der Gaben Vielzahl, die Ich spende. Reiner als die Sonne ist Mein Strahlen, stärker als die Kräfte von Titanen Meiner Sanftmut Zug.

Trachte du allein, dich Meiner Schöne zu verbinden, suche nur dein Heil in Mir und du wirst Freuden ernten, unermessliche, aus Meiner Kammern Fülle, aus Meinem liebevollen Wehn.

Gesteh dir ein, dass du vor Mir nichts kannst verbergen. So sei denn alles, was du denkst und fühlst und tust in Lauterkeit getan vor Meinem Weltallsinnen. Wärme, Weisheit und Gerechtigkeit stehn wartend dir zur Seite, dass du sie ergreifst und sie im Reigen zu den Wesen führst, die dir anheimgegeben.

3.7

In dein Schicksal dich zu schicken sei nimmer deine Art, denn unbesieglich ist die Gottesflamme auch in dir. Wie ein Magnet zieh treffliche Gedanken zu den deinen und vermähle sie zu schöpferischer Kraft, die ihresgleichen sucht im Brachfeld der Studierten.

Regle alles nach dem Mass des freien Unterscheidens dessen, was dir recht und unrecht scheint im Blick des Allerhöchsten. Nur die Frische absoluter Reinheit soll vor deinen Späheraugen stehn. Erweise dich als Wahrheitsfindender von Rang und Namen. Niemand kann dir, was du voll erkannt hast, im Gewissen wieder streichen. Überfüllen sollst du es mit Güte, Heiterkeit und Zuversicht in jeder Phase deines Dich-imGottes-staat-Bewährens.

Nie und nimmer klag dich selber an. Wo Schwäche dich umlauert, kann nur Seinskraft deiner Wege Öffnung sein und Heil und Herrlichkeit in ungebrochner Liturgie des Schreitens. Auf die Weise des Verkraftens aller Schicksalspüffe kommt es an, im Wissen, dass sie deiner Eigenart entsprechen und sich wenden lassen zu Erhabenheit und Harmonie.

3.8

Im Geist der Andacht vor dem Werden neuen Farbenreichtums weidet sich der Sinn am Sinnenfreudigen und jubelt sich zu nie erreichten Höhen des Bewusstseins liebelicht empor. Was Schatte war, wird ungesäumt vergessen, wenn wundervolle Horizonte dämmern uns in rosenroten Panoramen still heran. Wir sind getaucht in hoffendes Erwarten dessen, was noch kommen mag im Freudgefühl der Zeiten und bewahren uns voll Lust in ihm, solang wir es vermögen.

Dem Schauenden gewährt Fortuna aus der Fülle ihre Gaben und beschert ihm strömende Glückseligkeit im Zeitenlosen. Was die Anmut darreicht, ist von Anbeginn erhaben; was sie fördert führt zur Wonne des Begreifens und was ihre Güte mild verbreitet, weitet das Besinnen ins Unendliche durchseelter Sphären.

Geheimnisvoll und offenbar zugleich ist, was uns so bewegt in reinen Schauern des bewussten Anerkennens höherer Gewalten, wenn wir in der Stille des Beschauens stehn. Allweisheit strömt wie Glanz vom Glanze dem Erkennen zu und labt uns in der Leichtigkeit des wirklichen Erfahrens bis in alle Tiefen unsres Seins im wachgewordnen Staunen.

3.9

Besinnung auf den Klang des Ewigen in deinen Gründen. Meisterschaft im Ruhen-Lassen der bewegten Zeit zugunsten neuen Seinserkennens in den Höhn. Wie hold, wie unvergleichlich friedevoll sind doch die Sphären des herzinnigen Beschauens einer sagenhaften Wirklichkeit, in der wir Wesen sind aus kräftevollem Wollen, zärtlichem Empfinden und beglückendem Erkennen in des Daseins wonniglichem Spiel.

Kein Müssen, nur ein Wohlgeborgensein in eigner Hut ist uns gegeben, wenn die grossen, guten Ströme des Erinnerns rauschen uns den Frieden zu. Schalmeien mögen klingen ins Bewusstsein dieser Schöne und der Morgenruf der Amsel mag uns hier entzücken in des Lebens Wallfahrt zu uns selbst im Seinserfüllen.

Eine Ode an die Freude weitet uns den Sinn ins Unermessliche und hilft uns, einer Menschheit Schicksal voller Hoffnung zu ertragen. Heute ist der Tag des Glanzes im Allhier und morgen wieder und für allezeit im liebenden Befinden, denn die Himmelsgeister sind es, die uns unverwandt umstehn, um uns zu segnen und zu führen auf dem Weg der hunderttausend Seligkeiten.

3.10
Gewähre du dem Unaussprechlichen, sich deiner zu bedienen, um die Ziele zu erreichen Seiner Wahl. In keine Händel mit der Welt verstrickt, sollst du einhergehn wie die lautre Wahrheit vor dir selber und vor Gottes Thron. Ich habe dich gesandt und weiter sollst du senden Meines Lichtes Strahl. Im Wesenhaften fest verwurzelt sollst du stehn wie einer Eiche Schaft, den Böen trotzend des verführerischen Weltgebarens.

Im Heilen liegt, was Ich dir von Mir gebe, im Unermessnen, was sich hebend dir verströmt. Es wallen noch die Stunden einer schweren Zeit in deines Schicksals Räume, doch entbehrst du nicht der Kraft, die dir von Meiner zukommt und die Freudenröslein spriessen lässt auf deiner Seele Auen. Zehre doch von Mir im Wissen um die Unerschöpflichkeit der Sphären.

Aller Mächte Tugend ist in Mich geschlossen; ew'ger Jugend Born versieht die Seelengründe mit Entzücken und begleitet jeden Wesens Sinngehalt auf noch so viel gewnndnen Pfaden.

Liebe hüllt dich ein und strömt und wirkt in deinen Gründen wie der muntern Sonne Morgenstrahl, ob dem du dich erhebst und treu dem Werke deines Wollens in beglückte Fernen strebst.

3.11
Heil im Heilen, Kunst in Künsten, wesenhaft in jedem Wesen Bin Ich voll Genie und unverdrossen in der Wankelmütigkeit der Meinen. Treiber der Getriebenen und Retter der Verfemten, trag Ich Mich ins Allgewissen und bewege das Bewegte in unsäglich feingefühltem Stil.

Froh in Banden, feierlich im Schlachtgetöse weich Ich nicht von Meiner Stellung des Beruhns in weichen, warmen Hintergründen liebevoller Seinskultur. Stets wachsam schau Ich Meinem Treiben mit dem Auge des

Erkennens zu und hege, was Ich immer Bin im Sinn des wahren Wegbeschreitens.

Was sich streitet, führe Ich zuschanden, was in zartem Lieben sich umfängt erhöhe Ich zum seligen Gewinnen strahlenden Beglückseins in den Sphären Meiner Ruh.

Keine Grenzen kennt Mein Mich-Bewundern, wo ein Ahnen Meiner Grösse sich in eines Menschenherzens Schoss gebettet; Heiterkeit und Friedefertigkeit verström Ich ihm aus Meiner Fülle, wo es Meiner sich bewusst ist in erschütterndem Begehren.

Wogen des Begeisterns giess Ich über alles hin, was Meinem Sinnbild sich vertraut und Meiner Kräfte sich bedient im wundervollen Dienen. Mädchenhafte Unschuld legt sich Meiner Unbescholtenheit zur Seite, wo die Grazie sich sorglos im Natürlichen bewegt. Hoffenden erfüllt sich, was sie hoffend vor sich sehn in Meiner unbedingten Treue zum gestaltenden Elan der Hinterbliebenen.

Wo Wandel ist, sind Meiner Mächte Arme mit im Spiel, wo Weisheit Meine Züge offenbart, verrichte Ich das Werk des evolutionenträchtigen Gebahrens. Wo immer sich ein Wesen in sich selber gross meint, zeugt es Kleinlichkeit in kinderhaftem Unverstand und losem Plärren. Wer Meiner Netze sich bedient, fängt Fische unerhörten Reichtums und gefällt sich dort, wo Götter sich gefallen. Allein von Meiner Lippe trieft die Rede süss wie Balsam in die offnen Münder der Begreifenden; in nimmermüdem Tauschen tausch Ich Mich Mir selber ein in den Gerechten Meines Mich-Ersehnens.

Holder Anmut inne, weisen sie sich ins Gewissen Meiner Schöne und vergeben sich voll Vene ans wonnesame Zeitenlos-in-Mir-Verweilen.

3.12

Des Seins Umrunden rundet jede Träne zur Bedeutsamkeit des Ewigen in Mir. Ins Gold der Wiederkunft gefasst, verklärt sich alles, was von Mir den Ausgang nahm und zukunftsträchtig durch die Zeiten streicht in Hangen und Bangen, in Aufschwung und Schweben, in Würde und Glut.

Das Tapfere erfüllt sich in der Freude des Erkennens Meiner Gründlichkeit im Werben um Verstehn. Mit seidenweicher Güte will Ich es umfangen und begleiten auf dem Weg der tausend Sichtbarkeiten in Mir selber, ungesehn. Was lässt sich schwerer ins Begreifen heben, als Mein immerwährendes Präsent-Sein in den Sphären deiner Wehn. Wie anders würdest du dich schätzen, wenn die Züge Meiner Gegenwart wie Glut vom Gluten dein Erkennen stählten, um dir jedes Unterfangen in die Leichte Meiner Sinnkraft hochzuheben. Weisst du dich im Klaren, wird dir alles gängig, traut und taubentänzerisch gediegen vor dem Anschaun in Gerechtigkeit und Milde. Jeder Anlauf wendet sich im Absprung in die Höh und zeugt Begeisterung im reinen Schweben. Handle so und wandle wie im Fliegen auf den Spuren Meiner makellosen Bahnen, frei und herzensfroh.

3.13

Was leben wir, erleben wir, wenn nicht die Wirkung dessen, was wir vordem taten. Die Weltendinge sind so weit in eins verflochten über Zeitenräume, die wir einst belebten, dass sich die Äonen nahtlos aneinanderfügen unseres Entfaltens in das Heute der Bewusstseinstiefe.

Was Ich von Mir denke, ist des früheren Denkens Stoss, was Ich lebe, ist der Ausfluss einstiger Lebendigkeit in Urzeitwogenein. Nur aus Kontinuität im Wandel sind die Dinge richtig zu erklären, nur aus unermesslichen Zusammenhängen wird der Kosmos wirklich gross.

Im Heute häuten sich die Wesen der Vergänglichkeit und ziehen neue Kleider, neue Leiber an, dem Unvergänglichen erlesen. Pracht von Pracht entbietet sich im Aufschwung unsern Stauneaugen; Weihe über Weihe dürfen wir im Streben nach Wahrhaftigkeit erfahren.

Das Ich Bin in uns kennt kein Begrenzen und erweist sich als Idol der Seinsbeständigkeit im Ewig-Guten, dem wir uns vertrauend, bauend und erkennend anempfehlen dürfen.

3.14

Wohlan, es prägen sich die Weltendinge Meinem Dasein ins Gewissen; Zeugen sind sie Meines Mich-Verstehns, und Zeuge Bin Ich Meiner eignen Hingegebenheit an sie. Rastlos, wahllos, hoch- und niederträchtig stossen sie sich in der Zeit voran und vermehren und vermindern unaufhörlich ihr Bedeuten. Pläne wachsen und verfallen dem Gesetz der Allvergänglichkeit und trieben sich ins Leere, wenn nicht Mein Bedenken ihnen Sinn und Saft verlieh im Sinnenlosen. Wahrhaft rund ist nur, was sich erfüllt in Meinem unermesslichen Umrunden; letzter Schönheit Blühn erklärt sich wesentlich aus Meines Wesens überragender Struktur.

Wieviele sind sich selber auf den Leim gekrochen, wenn sie meinten, ihrer eignen Herrlichkeit zu frönen sei das Ziel. Ein scharlachrotes Blutgerinsel ziehn sie stöhnend hinter sich ins Wirkunglose ihrer Taten für des Seiens Götterstil. Wie vom Ewigen Verfemte stehn sie vor sich selbst mit leeren Händen da, derweil sie sich aus Meiner Fülle reich und schön und gut und gütig machen könnten. So will's das Gesetz und so will Ich Mir Meiner Reinheit Züge unentwegt bewahren.

3.15

Wie lassen sich die Tage deines Auf-dich-selber Wartens an? Wie treu bist du der Linie, die du eingeschlagen im bewussten Denken an die Dinge deiner Wahl?

Nur aus Verzicht und unentwegtem Dich-in-Meinem-Sinn-Bewegen wirst du wahrhaft gross und wirst dir Frohgemutheit und Gediegenheit gewähren. Deine Stunde ist die Meine immerzu im Seinsbewahren, und deine Dinge brennen Mir ins Herz, sowie du sie getan in Leichte oder Schwere, in gerechtem Unterfangen oder in der Eigensinnigkeit der Kopfgeburtensphären.

Komm nur zu Mir, wenn du das Füsschen wund geschlagen an der Widerborstigkeit der Weltenszenen; Balsam hab Ich dir bereitet für die Qual. Nur, dass du willst, will Ich in deinen Schauern, nur, dass die Liebe sich erhebt zu Meinem Dich-Begründen, ist Mein Ziel.

Was wankt, wankt Meiner Wehmut zu ob allem, was noch nicht den Weg gefunden; was siegessicher in die

Weiten strebt, strebt Meiner Offenheit im Unergründlichen entgegen.

3.16

Ein Same senkt sich in die Weiten, eine Wunderwelt ersteht und weitet sich im Mass der wachsenden Bewusstseinsschwere. Ich setze die Gesetzlichkeit in ihre Wunden und klage die Verräter an, dass sie sich selber Zeichen geben des Verfallens, derweil die Kräfte Meiner Observanz erblühn zum Trefflichen, das ihnen vorbeschieden.

Ein jedes Wachsen wächst im Weh, bis alle Schlacken ausgestossen und das Werk vollendet vor dem Schauen der Begeisterung steht. Im letzten hat sich jeder selber zu ertragen, doch die Liebe schliesst ihn ein und hegt und pflegt und hofft und wartet auf Veränderung zum Guten. Wieviel Wärme braucht das Herz, bis es dem Allgefühl sich auftaut und in strahlendem Dem-Sein-Gerechtsein seiner Würde würdig wird zu aller Nutzen in der Weltmagie.

Nun denn, es lösen sich die Übel, wenn du schreitest, mehr und mehr, weil deinem Starkmut keine Macht kann widerstehn. Die Lebenszartheit hütet, was du bist, mit weisen Händen und begleitet deines Wirkens Allegrie von Tag zu Tag am Himmelsbogen. Lass dich lächeln Meiner Güte zu, verkünde Ich und zeige dir die beste Seite in der Wucht des aufeinanderfolgenden Geschehns.

3.17

Manufaktur des Grandiosen Bin Ich, wenn man's recht bedenkt im Glanz des kosmologischen Gebarens. Wieviel Sonnen sind aus Meinem Zelt hervorgegangen, wieviel Arten habe Ich gezeugt und welches Ebenmass der Kräfte ist Mir eigen in der weltumspannenden Magie des Unterweisens. Nur das Lauterste und Reinste ist aus Meinem Sinn geflossen, nur die edelmütigsten Motive reichten sich die Hand, derweil die Saat in Schönheit sich verbreitete in Mir.

Was ein Schatte ist aus Wehen der Geburt, habt ihr nun selbst erfahren. Was geschehen kann, wenn Selbstsucht sich im Einzelnen erfährt, liegt offenbar vor aller Augen.

Doch Mein Wille lässt sich davon nicht berühren. Höher wird und höher sich der Flug der Evolutionen schwingen. Reiner aus dem Prüfungsfeld hervorgehn werden alle, die in Meiner Urgewalt ihr Wesens Stärke und Vollenden sehn zu Trutz und Glorie in einem.

Biegen lasst sich keine Meiner Aspirationen und verhindern noch viel weniger in Meiner Himmelspoesie. Wer Ränke schmiedet, wird dem Mottenfrass verfallen, wer auf Meinem Weg beharrlich ausholt, darf als Herold in die Hallen Meiner Gunst entschreiten.

3.18
Was du dir ergatterst, steht auf deinen Schelfen dringlich, dinglich der Beschaulichkeit voran und hängt sich zierlich, kreatürlich an dein Lebensritual. Nicht zu unterschätzen ist, was dich umgibt in tausend Variationen des Gestaltens und Erhaltens eines wirklichkeitsgewissen Nimbus, dem du dich anheimgegeben.

Was du pflegen willst ist deine Sache, doch, eh du's bedacht, wirst du von deinen Dingen auch gepflegt und angebunden, so wie Hündchen sich an ihres Herrchens Leine halten. Ach ja, das ist doch alles wunderschön, wenn du darob dich selber nicht verlierst im aufgeworfenen Geplänkel, das dich rings umgattert und dir alles sein will in des Wünschens hin und her gesandtem Stil.

Ruh ist nur in deines Herzens Kammer, wenn du Meiner inne wirst in dir. Wie vor Anker gehst du dann im sichern Hafen der Beständigkeit, wenn Meine Flüsse dich begiessen und die Schaukraft deines Strebens mehr will, als den Tand und mehr Erwiderung erfährt, als von den tollsten Preziosen. Geh nun hin und merk dir, wie die Lichter stehn in deinem Seelengarten, dass du nicht in falsches Träumen dich versteigst und Meiner Blüten nicht gesichtig wirst im hoffenden Flanieren. Wache, im Erwarten des Erscheinens deiner wahren Grösse treulich über deinem Tun.

3.19
Was sich an sich selber kräftigt, ist Mein Wesen. Was wahrhaft wirkt, sind Meine unermüdlichen Beförderungen dessen, was von Mir den Ausgang nahm und wieder in Mich eingeht unter unermessnem Seelenjubel. Wanken ist da nicht im Spiel, Kranken eine Art des Heilens Meiner Unzulänglichkeiten in den Zellen Meiner strahlenden Potenz im Guten. Was in sich die Züge Meiner Unbedingtheit trägt, wird nie erlahmen; was im Kern gerecht ist, wird die Ungerechtigkeit nicht dulden und wird sie an sich selbst zugrunde gehen lassen. Meiner Treue Fluten flutet über alle Wesen hin des seinsgeschichtlichen Erwartens und Erwachens in Mein Wohl. Wo hab Ich mehr versprochen, als an Meiner eignen Stelle an Gediegenheit und Wonne des Erlöstseins von den Wehen des Geborenwerdens in Mein Weben. Was ist härtres Ringen, als die Schule des Erkennens durchzustehn im Fuchteln falscher Geister und im Irrlauf, den sie uns bescheren.

Habt ihr Mich erkannt in euren Gründen, seid ihr allen Sinnens über alles Sinnliche enthoben und bekundet, von Mir selber intoniert, die Freudenfülle, die euch ohne Unterlass beseelt im seligen Einhergehn wie Verwandelte und Heimgekehrte ins allmächtige Schweigen der Gestillten sonder Zahl.

3.20
Was sich windet, windet sich in Tänzen der Holdseligkeit in Mir. Freude ist wie eine Feuersbrunst in Mich geschrieben; weil Mich nichts bedrängt, was Mir zur Drangsal wird im lebensliebelangen Tag. Das Seelenvolle stärkt sich am Gedanken der Unsterblichkeit und stürmt wie Lothar ungestüm voran, Schneisen in das Widerständliche zu schlagen. Keine Willkür fruchtet Meinem Wohlverstand entgegen, Basen Meiner Wirklichkeit sind die Ideen, die Ich schaffend und erschaffend vor Mich lege. Nimmer stören Mich die Unkenrufe der Verstörten, niemals lass Ich Meine Pläne los, dem Seinsnatürlichen den letzten Schliff zu geben, auch in dir, Des Wertens bar, verwerte Ich das Allerkleinste, um der Grösse Meiner Unbedingtheit

Raum zu geben. Was Mich fesselt, sind die spielend sich ergebenden Reformen in der Vielzahl der Gegebenheiten; was die Lust nach mehr in Mir gebiert, ist alles Wohlgelungene und Wohlgestaltete in Meiner Schöpfergalerie. Nicht Zahl, nur Qualität lass Ich Mir gelten in der Fülle aller Geltung, die Ich fürstlich Mir verschaffe.

3.21

Ein Reigen guter Geister will dich traut umgeben, wenn du sie nicht von dir entfernst im ständigen Negieren. Dafür kommen ungerufen jene, die sich an dich drängen und verführerische Dinge vor dich breiten, dir den Weg der Selbstgefälligkeit zu weisen.

Nötig kaum zu sagen, dass Ich das nicht will. Hier scheiden sich die Geister, und die einen fallen tief und tiefer noch ins sinnliche Gepränge, währenddem die andern Meiner wunderbaren Lichtkraft Zeichen sehn. Was gang und gäbe ist, blauäugig zu vermuten, dass Unfassbares gar nicht existiert, erscheint in Meinem Lichte wahrhaft lächerlich und lässt sich leicht, schon mit Verweis auf den Gedankenstrom im Ansatz widerlegen. Doch theoretisieren hilft nicht weiter. Eine Einsicht täglich, stündlich leben bringt Verwandlung in den Sinn und steigert das Erkennen Mal zu Mal zu immer fabelhafterem Beschauen eines Wirklichen, das über dir besteht von unnennbarer Majestät, von Kraft des Waltens, Weisheit und Geschicklichkeit, die uns zu Pintschern werden lassen im gesamten Menschenwogen her und hin.

Wach auf, sag Ich und teile mit Mir, was du teilen solltest, deinem unfehlbaren Heil entgegen.

3.22

Was du willens bist in dir zu integrieren, schaff Ich dir aus vollen Scheffeln zu; wessen du dich schämst, muss unbedingt auch Mich beschämen und lässt keines Wohlgeratens Fülle folgen. Das Erwarten grossen Heils ist eine Tugend der Entschiedenheit in Sachen spirituellen Anschauns der Gegebenheiten. Was du so an Sicherheit gewinnst des Seinsgewissens, lässt dich nimmer los und leitet dich zu immer trefflicher gelungner

Schau in höchste Sphären. Unbesorgt und unbestritten wirst du so die Spanne Wegs in Meinem Sinn durchschreiten, die dir noch verbleibt im nimmermüden Vorwärtsgehn.

Darob in deiner Seelenkammer lass Ich unverhohlne Freude walten, die dich anregt, mählich dich in Meisterschaft zu üben des Vertrauens und der Unverbrüchlichkeit im Schauen reiner, reizender Zusammenhänge, die im Weltenlauf bestehn. Nicht umsonst lass Ich dir Tag für Tag die Kraft der Sonne scheinen; nicht verloren dürfen dir die Sinnverluste sein, die dich nur Meinem Wesen näher in die Weite führen.

Schau dies alles unter dem Aspekt des ewigen Befriedens deiner Süchte und verlass dich auf das Wirken Meines Sternenwohls.

3.23

O ja, es lösen sich die Schatten und ein Leuchten, schöner als der Morgenstern erhellt der Seele Firmament in wundervollen Zügen. Nicht zu darben, sich zu freuen ist sie nun bestimmt in seligem Genügen und Gedulden und Erhabensein in jeder Weise des Bedenkens. Des Ich Bin's gewahr, bereitet sie sich, was die Weisen sich bereiten und verharrt im Guten, dem sie sich ergeben sonder Wahl.

Weltfremd, weltnah hat sie sich dem Treueeid verschworen, der in jeder Lage ihrer Zuflucht Hort und Stätte ist in makellosem Sich-Betragen, denn Verführung ins Verzerrte weiss sie wohl zu meiden.

Denke du, wie alles sich um eine einzige Mitte dreht im kosmischen Gespiel, wie Welten, Nachtgestirne und Gedanken kreisen um denselben Pol der Unerschöpflichkeit und des vollendeten Sich-selbst-Bewahrens in der Unschuld der Vernünftigkeit und des beseelten Friedens. Jedes Lächeln eines freien Wesens fliegt ihm zu; jede Geste der Geborenen ist letzlich ein gewagtes Sich-zu-Ihm-Erheben, sei's in Ränken, sei's direkt in einem ahndungsvollen Herzgebet.

3.24

Dem Frieden der Gerechten weih Ich dich in grossgewachsener Manier. Was sonst nur Auserwählten zu geschehen pflegt, gewähr Ich dir an ihrer Stelle in der wunderbaren Sanftmut, die Mir eigen. Wie viele sind ihr schon im sehnlichen Gebet erlegen, wie oft schon hab Ich Mich gezeigt im blitzenden Erkennen, wie im Spenden unbedingten Seinsvertrauens einem Wesen Meiner Wahl. Gerätst du ins Entzücken, windet sich die Seinskraftschlange aus dem Körbchen in die Höh vor dem Erstaunen deiner Augen; gewahrst du nichts als zauberische Schöne, trägt dein Sinnen Früchte, Meinem Wunderwirken zu. So viel ist Mir an deinem Hochgemutsein doch gelegen. Was du seiest, bist du immerfort in Mir und bereitest dir das Fest des Aufstiegs in Mein strahlendes Revier. Schon sind die Wolken dir verflogen und die Lichtkaskaden Meiner Klarheit fallen dich begeistert an, dein Sein zu Mir emporzuheben.

So wie du immer willst, verleih Ich dir vollendetes Erklären deiner Selbst in liebevollem Unterweisen, das Mich selber meint in deinen Gründen.

Holdselig, wer sich dies Gewaltige bedingungslos als in sein Wesen Eingeschriebenes gefallen lässt in feiner Grazie und von Wahrhaftigkeit beseeltem Danken.

3.25

Menscheninsel will Ich den Planeten nennen, weil in diesem sich Mein Bild von Mir in letzter Feinheit ziseliert und sich entlädt in ein allmächtiges Gehaben. Im Menschlichen seh Ich Mich donnern, Meiner eigenen Brisanz entgegen, in seinem Sich-Zusammenballen wogen Kräfte auf, die in den Weiten ihresgleichen suchen. Und dennoch mag Ich lächeln über Meinen Eifer so und so, wenn Ich die Sphärenwelt betrachte, die aus Mir hervorgeht und die alles in den Schatten stellt, was in die festen Normen sich gefügt, die Menschen sich im Menschlichen gegeben.

Wie leicht fliesst das Bewusstsein Meiner selbst im Äthrischen dahin; wie finden sich und lösen sich die Formen Meines Wohlbehagens in der sinnenlosen Wirklichkeit des Fühlens, deren Ich Mir Zeuge Bin in unermessner Fülle des Befindens. Erst kann ein Menschliches, wenn es in diese Schichten transzendiert sich ein gerechtes Urteil bilden vom Erhabenen, mit dem Ich Mich im Lichtgewand durchströme.

Nicht und nie zu fassen Bin Ich in der Fasslichkeit des Irdischen; wie aufgelöst muss sein, an was sich das Bewusstsein bindet, bis es sich in Mir als Mich erkennen mag in wunderbarer Weise des beglückten Auferstehns. In diesem ist kein Yota mehr zu ändern; hier legen sich die schärfsten Triebe des Dich-selbst-Veräusserns und gestatten dir, in weiser Wohlgeborgenheit und friedevollem Wohlverstand für eine selige Ewigkeit in dir zu ruhn.

3.26

Worin sich wahre Stärke zeigt ist, wenn die Sanftmut mit im Spiel und freundliches Gedulden. Wie Wasser kannst du all's erreichen, was du willst, in unaufhörlichem Den-Weg-Belecken, wie im Stand des nie gebrochnen Willens nach dem Ziel. Mag sich Gewaltiges vor dein Bewusstsein türmen, Meine Sicherheit in dir schwemmt es hinweg im Nu des Überlegens Meiner Willgewandtheit und Gelassenheit in einem. Andrer Dimensionen mächtig, als der deinen, liegt Vollenden und Begüten ungesäumt vor Mir im Werdegang der Millionen. Wie könnte sonst ein Sinn im ganzen Seinstheater liegen, das sich ins Sinnenfällige zerfasert und im Sinnenlosen sich als das Alleine doch erweist in unermessner Pracht und Würde des Erscheinens vor dem königlichen Selbst-Beschauen. Nur dies Wogen von der Illusion zur Wahrheit ist in allem Wesenhaften Mein erklärtes Ziel und Meine Wonne, wenn es wohl gelingt, im Einzelnen wie im Gruppierten und zuletzt im Ganzen Meines Mich-Verbindens mit der schicksalhaften Schar der aus dem Sein Geschiedenen.

3.27

Koste Ich Mich selbst in Meinen Wundern, sind Welt und Leben eins, vollendet in der Makellosigkeit der Sphären. Geliebter der Unendlichkeit, vermag Ich Meiner Wünsche Tross zu zähmen, um gelassen in der Grazie der

Heiterkeit zu sein und in der Zeitenlosigkeit des Weilens Spiel mit Mir zu treiben.

0 Jungfernschaft des Herzens, wie verehr Ich deiner Züge freudestrahlendes Erscheinen, wie erbau Ich Mich am Schimmer deiner Reinheit und bewege Mich zutiefst an dir. Grossmut will Ich dir in Meinem Werk erzeigen, will vor deinem Angesicht einhergehn als Erwähler und Entbieter deiner Gnaden.

Leis, leise überstreich Ich deiner Gegenwart Gefieder mit Barmherzigkeit und Güte im Erkennen Meiner selbst als das, was Ich Mir Bin in jeder Weise des Gestaltens einer Wirklichkeit von Form und Dauer im Verein mit Meiner zeitenlosen Elegie des schöpferkräftigen Verweilens. Tatenfreudig und in Mich verschlossen teile Ich die Dinge des Allraunens wesenhaft mit Mir und begabe sie mit Licht und Fülle und Erhabenheit und liebevollem Sich-Verschenken aus der Sinnkraft Meiner Ruh.

Mit allem kann und will Ich so verfahren, wie man mit sich selbst verfährt im pausenlosen Anerkennen der Bedeutung des erkannten Hierseins im Bekömmlichen. Wie in Seide kleide Ich ein jede Meiner Äusserungen, dass sie nichts verletze in der Seinswahrhaftigkeit, in die Ich Mich begeben. Unablässig trachte Ich nach der Verwirklichung des Schönen und Gediegenen im Wohllaut Meiner sich beglückenden Gedankenreihenfolge, die, wie von Sterngeläut gespiesen, jedem Ohre fabelhaft und seelenfreundlich klingt, voll Sanftmut hingeschrieben.

So leiste Ich das Unwahrscheinliche in Leichtigkeit und weisem Hingegebensein an jede Regung, die Ich inszeniere in den Weiten Meines Mich-Erfindens und Befindens und Bewährens und Erklärens und Erhaltens in bedeutungsvoller Ausgewogenheit und Würde des Gehabens. Reiner Wonne sichtig, weise Ich Mir Anmut der Gefühle ins Gewissen und erwäge nichts, als Wohlklang, Harmonie und Heiterkeit im seinselysischen Geflüster, das Ich Mir gewähr. Behutsam klär Ich aller Dinge Lauf und lasse sie sich selbst Vollkommenheit erweisen im erfüllten Sich-Bewähren.

3.28

Was macht, dass Ich Mich selbst erkenne in so vorteilhafter Weise und so silberhellem Seinsgedankenspiel, dass alles in Mir sprudelt und sich ungeniert ergötzt am Fliessen der Lebendigkeit in jeder Weise der geschichtenträchtigen Bedeutsamkeit, die ins Erleben schneidet Meiner Transvestie. Jeder trachtet, sich in Trachten zu bewegen von Gefälligkeit und Würde und besieht sich selbst im Glanz der Glätte, der er sich dahingegeben. Nur gerät er dann ins Gleiten, wenn die Dinge seiner Hoffahrt Eigenwert entfalten und sich ihm entziehn in lächelnder Entschiedenheit und dankendem Verbeugen. Tragisch scheint Mir dies Gebaren, ist es doch von Meinem Tun ein fahl gewordner Abglanz, der sich rasch im Niemandsland verliert. Nur was Ich Mir jemals intoniere, klingt für immer seinsverwegen und gediegen und leistet das zu Leistende in wacher Eigenständigkeit und wunderbarem Einklang mit dem seinsnatürlichen Gebaren, das Ich Mir in guten Treuen auferleg.

Wo kämen wir da hin, wenn jeder Tropfen sich im Allerwelts-Ich fieberhaft verlöre. Ungeordnetheit im Ganzen wär die Folge und Fatales würde sich geschwind zu noch Fatalerem neigen im Befall mit spriessenden Neurosen. Seinsbewusstheit ist vonnöten je und je in jedem Seinspartikel, das sich nicht von Meiner Allheit unterscheidet, lebend, webend immerzu in Mir. Trautheit mit den Meinen will Ich pflegen, wo sie Mich beachten und erachten als das Ein und Alles in der weitenfrommen Kür. Gewandte Meines Seinsgewandens will ich züchten in der Weise des Erhebens ihres waltenden Bewusstseins ins Erkennen Meiner Innkraft in der Ruh.

Nur Grosse im Gedulden sind in Mir auch gross geworden; nur Gewaltigen im Dienen Bin Ich selbst zu Diensten, in der Schaukraft ihres Sich-Vergebens ans Allmenschliche, Allgöttliche voll Inbrunst und Behutsamkeit im unablässigen Zum-Höchsten-Streben. Meine Dinge sind allein wahrhaftig und befrieden, was sich aufführt, und bedienen das Bedürftige mit Naschwerk der Glückseligkeit aus vollem Beutel und aus Zärtlichkeit des Seinsverteilens an Mich selber ohne Unterscheiden.

Wonne weiss Ich so der Seele zu erzählen, weisend ihr den Weg ins Ebenbürtige und Ebenmässige im ewig augenblicklichen Geschehn.

3.29
Mit Wenn und Aber Bin Ich niemals abzuspeisen. Mein Wort ist eine einzige Melodie des wunderbaren Unterweisens. Niemals stille steht, was Ich so sage, niemals zweifle Ich an dem, was in den Lüften Meiner Unbesorgtheit liegt und ihnen Meinen Duft verleiht von Sagenhaftigkeit und Poesie. Was will Ich Mir denn sonst in Meiner Unbedingtheit zugestehn. Das Rührende berührt Mich selbst am allertiefsten; das Schneidende brennt sich in Meine Wunden und der Balsam Meiner Tröstung heilt wie keiner die Versehrung Meiner Seinsart in der Historie. Gefälltes richt Ich auf aus eignen Trümmern, Verbogenem send Ich zu Hilfe Meiner Gradheit Strahl und keine Meiner Menschenzellen lass Ich darben. Denn Mein Wesen ist das Wesen des unendlichen Erbarmens; Meine Sitte ist es, hinter allem liebevoll bereit zu stehn, um labend und verzeihend Grossmut und Gerechtigkeit zu üben. Das führt Mich mählich zur Vollendung Meiner Züge in den Reichen Meines gegenständlichen Befindens; das schärft die Sinne und ermahnt das Herz der Wankelmütigen zur Tugend in der langen Reihe ihrer Daseinstaten. Nur das Beste neigt sich so zum Blühn.

Graziös und weise trag Ich Mich in alle Ränke Meines Mich-Vergebens, um das schöne Licht im All zu sehn der hoffenden Genügsamkeit im Reinen. Was als Schlacke sich von Meinem Gluten scheidet, trägt sich selber auf den Armen einer Wehmut, die Ich heilen möchte, zeitenlos. Von Mond zu Mond, von Sonnenlauf zu Sonnenlaufen trachte Ich, dem Wachsen Meiner Seinsgestalt im Menschlichen den rechten Raum zu geben, um Gedeihen und Vollenden einst zu sehn. In Worte lässt sich die Geduld nicht fassen, die Mir zusteht im äonenlangen Ringen um die letzte Feinheit in den Zügen Meines Mich-Enthüllens in der Generationenfolge der Geschlechter, die sich in so manche Kapriole und Verstiegenheit verliert.

Brot vom Brote will Ich in die Münder der Gerecht-Gewordnen legen Meiner Absicht im gewaltigen Mein-Werk-Begründen. Himmelfahrt um Himmelfahrt erweis Ich Mir in Demutsstärke und natürlichem Verhalten über jedem Wahn. Wohlan, es weiten sich die Flügel Meines Mich-Befindens und bereiten Meinem Sehnen Andacht und Erfülltheit in glückseligem Hin-und-WiderWehn. Der Freie Lichtheit öffnet sich vor Meinem Schauen in Gefilde ewiger Heiterkeit und Seinsgediegenheit in Meinem Mich-Empfinden und umfängt mit warmem Wonnesein, was Ich Mir Bin in nie versiegender Manier.

3.30

Vor Mir selbst und dienstbeflissen träum Ich von der Maienzeit, in der sich alles wendet und die lieblichen Gefilde teppichweise Blümchen tragen. Köstlichkeit an Köstlichkeit ist dann zu sehn im Kleid der Anmut, das Ich Mir zurückgegeben. Fasse du es auf als Gabe reiner Zärtlichkeit ans Leben, das Ich Mir verleih in dir und deinem Dich-Begründen. Hoffnung ist das Szepter Meiner Tage, Überlebenskunst die Weihe, die Ich Mir in allem Mühn verleih, was kostbar ist, in eine neue Zeit zu tragen.

Eine Wende ist auch immer eine neue Perspektive in der Vielerfahrenheit des Wunderglaubens. Bringt sie Glück und Seligkeit, wird sie verhätschelt und für eine noch so kleine Ewigkeit begeistert festgehalten. Was immer das Bewusstsein ziert, versucht, sich an der Dauer fettzumästen. Nur, die Flut des Neuen schwemmt es dann hinweg wie das Verlangen, es beizeiten loszuwerden. Lächelnd der Gefühle sich entwenden, bringt den Armen in ein Hin und Her des Zauderns, bis er sich auf seine Seinspotenz besinnt und in ihr, klaren Sinnes, das Sich-Wandelnde am Ewigen ermisst und wie getröstet dann einhergeht als der Herold seiner selbst im grandiosen Wirklichkeit-Erleben.

3.31

Was weitet sich, was breitet sich im Feld der Nebensächlichkeiten strahlend vor Mir aus: Das Wissen, dass Ich Mir die Blüte Bin des tausendfachen Lebens.

Soviel von Weisheit in der Tage Unverstand hab Ich noch nie an Mir erfahren. Wofür Ich kämpfe, leide, dulde, Lasten trage ist nur dies: Den Gang zu meistern ins Erkennen Meiner Hoheit und die Würde in Mir selbst zu finden in der Trautheit mit den höchsten Sphären Meiner Unerschrockenheit. Weit durch die Lande Meines Mich-Erfahrens zieht ein wundersames Leuchten, das Mein Auge hütet vor dem Abglitt ins Verhaftetsein mit allem, was erstarrt und definiert ist in des Lebens wissenschaftlichem Begründen. Mein Mental ist dem Beweglichen und Strömenden geweiht in allen Phasen des Entzündens einer Zeit des Wohllauts und der Siegesharmonie. Die Widersachermächte rucken und verneinen und zerstucken, doch das Eine, das Ich Bin, versteht sich unermesslich besser noch aufs Fechten und Begüten und herzinnige Verstehn. Denn Meiner Wirkkraft Labung meistert das Verwirkte und bereitet Räume des verwegnen Heiterseins den Treuen, die in Mir den einzigen Fortschritt sehn.

3.32
Das Innehalten in dem lebelangen Tramp von Fälligkeiten öffnet uns die Augen für das Ausserordentliche und erhebt uns in den Stand der Seienden im unermessnen Wohl. Die Sturmflut einer höheren Raison bricht sich hier Bahn und wandelt das zu Wandelnde in wundervoll gelungner Zugkraft vor den Blicken der Berufenen. Allwie im Sesam-öffne-dich-Befehl erkennt der Schauende die kapitalen Schätze seiner inneren Struktur und wächst mit ihnen in ein Menschentum von neuer Grösse und von neuem Verve zusammen. Es ist der Glanz des Göttlichen, der ihn in seiner Absicht stählt, das Gute in der Meisterschaft der wohlgelungnen Taten zu vollenden und das Auserlesene in Sichtbarkeit zu bringen.
Im Ewigen enthüllen sich die Dinge; die Schatten werden kürzer und die Frühlingssonnenkräfte bringen jede Neigung zum Erblühn. Das Lächelnde und Heitere erfüllt die Räume des Empfindens, Vertrauen fügt sich ins erwartungsvolle Schreiten und beglückt das Seelensein in jeder Weise des Gewinnens eines leicht beschwingten

Stils. "Nun hab Ich wieder Mich gefunden", deutet sich des Wesens seingewordene Moral und überspielt mit spielender Geläufigkeit die Tücken in des Lebenslaufs verwunderlichem Spiel.

3.33

Wieviel verbirgt sich in den Szenen deines Bleibens noch an Dumpfheit, Wankelmut und Unvermögen, ohne dass du sie zu überwinden weisst in deinem philosophischen Gedankenkreisen. Was dir fehlt, ist Meines Zündens Blitz; was deinem Sinnen an Verständnis abgeht, kann Ich tausendmal ersetzen durch den Einfluss Meiner Melodie von Grösse, Seinsbewusstheit, Billigkeit und herzergreifendem Umfangen.

Was vordem Öde war in deines Schauens Horizonten, wandelt unter Meiner wissenschaftlichen Bravour sich ungesäumt in einen farbenhellen Garten, dessen Pracht sich wie die wogende Verheissung drängelt ins empfangende Gemüt, es mit Entzücken, Heiterkeit und Tugend zu begaben. Losgelöst von jeder Drangsal gehst du, Meiner Zauberkraft bewusst, getrost einher und wirkst und waltest als ein weis Gewordener in deines Lebenslaufs Revier.

Von Mir Geführte sind nicht mehr zurückzuhalten in der Schwungkraft ihres Eilens; was Ich beglaubige, gewinnt das Siegel des Vollendens in der Weise tiefbeglückten Auferstehns.

In dir geh vor Mir selber Ich einher als Herold der Beständigkeit und des Gelingens hoch und her.

3.34

Einen Mangel kompensieren muss ein jeder, der in seines Lebens tragischkomischem Verlauf versucht, den Dingen ihre Richtigkeit zu geben. Bindung in der Bindung stösst er an, Willkür waltet, wo er immer meint, sich freien Willens in der Welt zu etablieren und Gefahr droht dem, was er sich unter Schweiss und hundert Ängsten zu ergattern wusste, in des Gackerns wendehalsiger Poesie.

Was ihn kränkt, ist stets im eignen Unverstand zu finden; was ihm mangelt, ist der Mangel an Bewusstheit Meiner Provenienz, die alles in gerechte Bahnen lenkt und weisheitsvoll begütet, was zerstritten war im Rundumschlag der Kontrahenten.

Denn in Mir ist Fülle absoluter Art zu spüren; Meines Wissens Trog ist niemals leer im Angesicht von Nöten. Glamour glänzt, in ewiges Ebenmass gegossen, von den Werken Meiner Wahl und zaubert lächelndes Befrieden ins Gemüt der Schauenden, die Meiner Hilfe freudig sich versehn. Das nenn Ich recht die Zeit verbringen, wenn die Taten voll in Meinen Diensten stehn und Lauterkeit sich paart mit seligem Befinden in der Seinslust, die Ich immerwährend zeuge.

3.35

In Meiner Welten Wesen reichen sich die trefflichen Besonderheiten rings die Hand und strahlen sich Vollenden zu in lächelndem Begrüssen. Ein Auf und Nieder schön gestalteter Gefühle wogt durch Meiner Sphären friedevolle Seinsnatur und ist dem Auge wie zur Weide hingegeben.

Mit Mir selber eins sein in ergreifender Manier, ist Meines Daseins Ebenmass und Losgelöstheit zuzuschreiben; im Erkennen werden alle Dinge des Beschauens rein und zart und wie von Zauberhand ins Äthrische gewoben. Seelenlabung nenn Ich, was Ich so erfahre; Trautsein mit dem Höchsten, was in Mir sich zeigt und regt in unaussprechlichen Gebärden. Weistum, Wonne und Beglücken sind Gefährten Meines runden Selbstgefühls, das Ich in Wachheit und Erhabenheit in Mir ertrage.

Wer es sich leisten will, ins Sein zu steigen, weise der Gedankenfülle seiner Zeitlichkeit die allergrösste Sorgfalt zu im Wissen, dass ein jedes Bildnis des Bedenkens als ein Wesen ihn umflort und ihn beglückt, beschämt, befördert oder hindert je nach seinem Inhalt, Zweck und Ziel. Lass nur gut sein, was dich so bewegt und du wirst an der Güte dich erbauen, die zu deinem Weltensein sich aufschwingt in begeisternder Manier.

3.36

Spontan erklärt sich das Gesammelte als Zustand reiner Wucht voll weltbedeutendem Gehaben. Kein Nimbus kann sich so gebärden wie das Ich, das sich aus Mir in

Szene setzt, durchschlagenden Erfolgs gewiss, verströmend sich, ins Augenblickliche aus ungezählten Seinsvergangenheiten. Immer Bin Ich unbescholten da, die Wesenskraft zu stärken, Bin Pate ihres Ausgangs und Geselle ihrer Ruh. Was wird, ist stets aus Meiner strahlenden Potenz hervorgegangen; was Trauer trägt, entbehrt der Würde Meines Inneseins, die jeglichem Verlust den Glanz des Allgewinns verheisst in hell gesetzten Tönen.

Nur Ich greif wacker zu, wenn sich die Werdekräfte regen und baue Künftiges im Nu des schaffenden Gedankens und des seligen Gefühls des seinsvoilendeten Erscheinens der Gegebenheiten. Meiner Wachheit ist das Viele zu verdanken, das im Menschheitsschlummer sich vollzieht in Seinslebendigkeit und selbstverständlichem Erspriessen.

Lächelnd schau Ich, was die Wissenschaftlichen sich von den Dingen ihres Wahns erklären; behutsam zeig Ich ihnen ihrer Grenzen Hoffart und begleite sachte sie hinüber in das Reich der strömenden Wahrhaftigkeit, das von Mir zeugt und das allein das Rätselhafte löst, in dem die Sinnverstrickten sich verheddern.

Ali Babas Wunderlampe brennt in Meinem Zünden in der Tat und öffnet allen alle Wege zu den Schätzen Meines Seinsbegabens, die von Weisheit, Fülle, Heiterkeit und Helle triefen. Ich mach dir alles, was du sehnlich wünschest in Gerechtigkeit auch wahr. Verlass ist nur auf Mein Erwidern, Tag ist nur in Meinem Tagen der Allherrlichkeit in jedem Wesensein, das Ich begründe und erhalte vor dem schauenden Gewissen Meiner Sorgfalt.

Vor und nach Mir gibt es nichts, was nur im mindesten an Mich heranreicht; niemand wird sich unterstehn, das Kerngehäuse aus dem Apfel zu begründen. Was Natur ist, schält sich aus dem Seinsnatürlichen; was das Sein ist, hebt sich aus sich selber und bedarf nicht des Erklärens, weil Es weiss und Ist und ständig sich bezeugt im Allgewirk und in der Redlichkeit der Sphären. Ton im Tönen, Melodie im Singen, Sanftmut im Befriedeten ist Es sich in der Innigkeit der Wesen und gehört sich selbst in ihnen, wie die Monde und die Sonnen in Allweiten immer nur sich selbst gehören.

Ratschluss Meiner selbst Bin Ich, soweit Ich schaue und beständig nur Mich selbst beseh; Träger des Gewissens, dass Ich Bin, bewahre Ich Mein Sein im Wohllaut der Beseligung im Einen.

3.37

Nur was dem Augenblicklichen gehört, ist Meines Seiens Gegenstand, nur was im Hier sich raumlos offenbart, ist Meines Wesens Zierde, Meiner Unergründlichkeit Revier. Erhobnen Sinnens wirst du Meine Nähe spüren, gelassenen Verweilens werden dir die Bilder Meiner Wirklichkeiten zu Gemüte steigen.

Nichts gleicht dem Gewissen des Gefeit-Seins mehr, als was du Meinem In-Mir-Ruhn gemäss in dir zur Blüte bringen kannst, in wunderbarem Weben. Gleichnis der Barmherzigkeit, mit dem Ich dich begabe; alles Sein durchströmendes Agens der Güte, das den innern Reichtum mehrt in deinem Dich-Begründen.

Immer ist ein Fest im Gange des phantastischen Mich-neu-Erbildens in den Formen Meiner Offenheit in dieser oder jener Weise des Erstehns. Es wogt und wallt im Meersein der Gedanken, wie im Branden des geschichtenträchtigen Tuns der Wesensvielfalt, die Ich meine. Unerschöpflichkeit im Werden, Unersättlichkeit im Wünschen führt die Dingwelt ins Erscheinen und verführt sie mehr und mehr dazu, sich in den Weiten unermessner Phantasien zu verlieren. Sphärenklängen hingegeben wundersamer Schöne, webt das Individuum sich in einen Schleier der Holdseligkeit und schwebt und flutet in ihm schwerelos dahin, wie durch die Ewigkeit getragen.

Dies Bewusste ist auch immer wirklich, wenn es nur von Kraft erfüllt ist eigenen Gestaltens und Bewegens und Erfüllens und Gewährens und Vermeidens in der Kunst des frei gewordnen Willens und der Fähigkeit, sich eins zu fühlen mit dem kosmologischen Gebärdenspiel. Was dir frommt, ist immer nur dies eine: Dich einig mit dem Einigen zu fühlen, was du bist, als Ausfluss und Erheben des Ich Bin zu sehn im Aufwall einer über alle Massen grossen Freude, die dein wach gewordnes

Seelensein durchzieht.

Alles bist du denn in allem, was Du Bist und was du wissend dir vor das Gewissen stellst im Lichte des Erkennens. Gang und gäbe soll es sein, dass deine Seinsgedanken in sich selber sich begründen und, dem Ewigen verwandt, in Melodienfolgen ewiger Schöne sich vernehmen lassen in der Ruh.

Sosein im Ich Bin ist das Ergebnis einer langgezognen Alchemie, die in Prozessen würdevollen Reifens das Vollendete erreicht, in Elfenleichtigkeit dahingezogen.

3.38

Was gewagt ist, kann nicht mehr zurückgenommen werden; was in Meinem Sinn sich regt, versprüht sich wie ein Funkenfeuerwerk ins Unermessne Meiner Weiten. Zielbewusst und doch in vielem aufgerieben, trachte Ich, das Bildnis Meines Willens in den Weltenbund zu stellen und die Vielheit Meiner Akribie im Einen zu vereinen, das Ich Bin in absoluter Lauterkeit und wesenhafter Harmonie.

Impulse sende Ich von sagenhaftem Glanz ins Unergründliche, das Dunkel zu erhellen und Gestaltung nach Gestaltung dem Vollenden zuzuführen. Der Funkenwurf aus Meiner Innheit Glut ist aller Dinge zündendes Idol, das sie beschwingt und ihnen Tatkraft, Gründlichkeit und tief verwurzeltes Gedulden induziert, ihr Werk in Anmut zu vollbringen.

So auch das Menschliche in Mir, will immerfort dem Sieg entgegenstürmen und verheddert sich zumal und wird ihn schliesslich doch erfinden, um in Meiner See von Seligkeit am Tag erfüllter Siebenheit zu ruhn. Begreifen wird das Herz der vielen, wie Ich sie umfange und vereine, um dem Ganzen Meiner Seinsbewusstheit Siegel einzuprägen.

Amen, sag Ich: Im Unendlichen Ist, was noch sei im Bund der Zeit und im zutiefst entflammten Sehnen.

4

Ringen um Beständigkeit

4.1

Macht des Schicksals, Macht des Augenblicks über Meines Körpers Ungenügen. Mit Vehemenz und ungebrochnem Seinsvertrauen stemme Ich Mich einem Zustand der Erbärmlichkeit entgegen, der Mich knechtet für und für. Ich abstrahiere, was Ich Bin von Meinen Daseinsnöten und gewinne Land im Sinn der seienden Bedeutsamkeit, die sich in Mir verbreitet. Das Bewusstsein schwillt zu Donnerstärke an und weist die Züge körperlichen Leidens in die Schranken. Unantastbar Bin Ich Mir das Wesen wahrer Friedefertigkeit und herzergreifenden Geduldens. Meiner Hoheit Würde bringt sich tatenfroh zum Gelten und besiegt die Schmach, die Meiner Leiblichkeit geschieht, in klaren, festen Stössen. Im Ringen um Beständigkeit gewinnt das Ruhige, Gelassene das Sagen und verbreitet sich allmählich als balsamisches Remedium in Mir. Schon wesentlich erleichtert möchten sich mir Tränenflüsse lösen, doch gewähre Ich Mir lieber das Vollenden der Holdseligkeit, das sich ergibt aus Wachsamkeit in überschauender Präsenz im Ewig-Guten. Makellosigkeit fliesst aus Mir selber in die Sphären Meines seinslebendigen Blutens. Heiterkeit verbrämt den Mantel der Vergänglichkeit, den Ich Mir umgelegt und lässt die Lebensdinge sich in ihrem Lauf versöhnlicher erleben. Traut und wie getröstet weihe Ich Mein Weben dem Unendlichen, das Mir Gevatter steht im Streiten und vermähle Mich in bräutlichem Entzücken seiner zärtlichen Behutsamkeit, die noch die schierste Neigung lotrecht stellt in tausendfachen Freuden. Sinn und Unsinn trennt es mit Bedacht und weist das Neue Neuem zu, das sich im Menschenkind erhebt, zu Nutzen und Gesunden, zu Hall und Widerhall und innigem Genügen an sich selbst im Ausserordentlichen, das es leistet vor sich hin. Tragen und Ertragen ist die Klarheit schaffende Devise Meines Lebensstils; Mächte zwingen und Glückseligkeit erringen Meine Daseinstat im langgedehnten Üben.

Wie das Klingen einer grossgeformten Glocke strömt der Ruf der Dankbarkeit in Mein Gemüt und weitet sich von ihm in lichten Kreisen Unermessnem zu.

4.2

Ich lebe, liebe, leide, leiste Beistand noch in jedem wohlbewahrten Wesen, wenn es sich in Meines gnädigen Umfangens Schutz begibt im Herzensflehn. Jeder Mühsal Bin Ich offen, jeder Hoffnung ebne Ich den Weg zum gütigen Gelingen, weil es Meine Stärke ist, die Schwachheit zu besiegen. Komm, Geliebter Meiner Huld, will Ich dir sagen, weide dich an Meiner nie gebrochnen Zuversicht und seh dein Lämpchen aufwärts glimmen, Meinem Sonnenstrahlen zu. Rufst du aus den Tiefen, reich Ich dir die Hand und weite dich und leite dich zu Seelenfreud und Frieden. Was du immer Schmerzliches erlebst, ist Meiner Treu Erleben; was wie die Klette an dir haftet, haftet auch Mir an. Nun Ich dich tröste, tröste Ich dich mit dem Wissen um das endliche Vorübergehn der drängenden Beschwerden und verleih dir Kraft, das Äusserste in Stunden- und Minutenstössen doch noch zu ertragen, bis dir tätige Hilfe kommt, von Mir. Das Verwundete will heilen, das Erbärmliche will auferstehn und wird es auch, in wundersamem Überwinden.

Spürst du Meiner Bitte Bittgebet an dich, doch nimmer zu verzagen, weil dem bittern Kelch des Auferstehens Glorie auf dem Fusse folgt und deines Vaters Arm dich wohl umfängt in liebendem Verfügen. Keiner Amme Sorge ist so zart, wie Meiner Sorgsamkeit Gefieder; keine Reling kann dich sichrer vor dem Fall ins Grausige bewahren, als der Weckruf, der dich auf dem Weg zu Mir berührt.

Stumm vor Freude wirst du Meines Strahlens Fülle kosten, wirst dich beugen über Meiner Liebe Quell, dein Sehnen zu befrieden. Jede Geste Meines gütespendenden Gebarens will dir wohl; du tauschest gegen deinen Schmerz die Wonne des Bewusstseins deiner Würde ein, in wunderwirkendem Erfahren. Bleib, o bleib auf Meiner Spur des tätigen Vertrauens und erreiche, wenn die Schale aufgesprungen, deines Kerns Bedeuten in der hoch bedeutungsvollen Schar.

Weite, was du bist zu Meiner Sterne Gau und sei, in ihres Schimmers Liebelicht ihr leuchtender Gespan.

4.3

Todeskeime wollen sich zur Unschuld nisten. Sticheleien ins Lebendige verbreiten Angst und Schrecken und belasten in den Nächten den Getauften mehr und mehr. Ist der Sonnstrahl ihm gesunken vor der Schwarzmagie bewusster Kräfte, die sein Ende wollen für und für?

Wach im Taumel, weichgeklopft und doch erhaben aufersteht er mitten in den Nöten und befiehlt Verstummen der Verfolger. Seine Waffe ist das Licht, mit der er ihre Sinne blendet und zugleich in liebendes Erbarmen hallt nach Seiner Weise, mit dem Weltplan umzugehn. Freiraum ist ihm so erwachsen und bedeutendes Vermögen, sich im Blickmass des Ich Bin zu sehn, wie in der Glorie der Auserwählten, die sich als das Wahrhaftige erkennen über allem Trügen. Gleichgemessenes Gerechtsein ist ihr Walten; fern der Unlust tragen sie Vertrauen um Vertrauen in die Meisterhöhn und stehen standhaft mitten im Verhöhnen. Weihung ans Unendliche der Sphären ist ihr Herzbrevier; Unbescholtenheit verkündet all ihr Tun und Treiben, das sich durch die Zeiten zieht in ruhevoller Unruh, die Holdseligkeit des Seins zu mehren.

Lieblicher als alle Lieblichkeit der Welt glänzt dem die Sonne auf des Frühlings Morgenfahrt, der sich in ihren Strahlen von der Güte einer Gottheit wesenhaft umfangen sieht. Ihr goldgetränkter Adel spicht ihn huldvoll an und heilt ihm alle Wunden seiner Qual. Ihr wärmevolles Leuchten streicht bedächtig noch den letzten Sorgenhauch aus seinem Antlitz und beschert ihm eines neuerwachten Lächelns Grazie in unsagbaren Zügen. Im Genesen liegt schon soviel Zartheit reinen Glücks verborgen, dass die Seele endlich, endlich wieder jubeln kann und im "Ich Bin" sich freundlich aufgehoben findet, wie nach langersehntem Wiedersehn. Heil und Hochgemutheit darf er hellen Sinns erleben und des Dankens ehrfurchtsvollen Gruss ins Ewige verwehn.

4.4

Eiskalter Hauch geht von den Kräften aus, die eine Menschenwelt in ihren Griff zu nehmen suchen. Sie verbreiten das Kalkül, Gewissenlosigkeit und Raffgier und bereichern sich an ihrer Umwelt ohn' Erbarmen. Diesen stellt sich das "Ich Bin" in jeden Wesens Innheit vehement entgegen. Blitzende Gewandtheit, Seinsvertrauen und Gedulden ist sein Stil, mit dem Es unbedingt obsiegt im wilden Kampf um Menschlichkeit, Gerechtsein und Befrieden. Nicht erschüttert vom gewaltigsten Fanfarenstoss befreit Es die Getreuen von des Untiers dräuendem Umklammern und zerschlägt das Kolossale seiner Macht mit wohlgezielten Zügen. Sorglich wie die Glucke breitet Es sein schützendes Gefieder über alle Kinder der Natur und bereitet ihnen Herzenswonne, Tapferkeit im Streit und wohlbewusste Seelenruh. Verzogen hat sich jegliches Befürchten; weit entschwunden sind die grimmigen Fassaden und lächelnde Beweglichkeit verbreitet sich in luftigen, duftigen Kreisen. Wohin wir sehn und wo wir stehn erspriesst die Wohlgestalt aus zarten Keimen und gewährt uns paradiesisches Entzücken an der Welt des Seinsnatürlichen, die uns umflutet und umhegt.

In Seelenaugenfrische schauen wir das Weben der gestaltenden Vernunft und mehren ihrer Kraft Erscheinen um der eignen Kräfte zielbewusstes Wehn.

Es ist ein unermessnes Wogen und Pulsieren in der Fülle der Gegebenheiten, die sich zwar im Sinnenfälligen äussert, aber keinenfalls aus ihm erklärt. Höchsten Adel ziert ein Wesen, wenn es sich als das erkennt, was *ist* und war und sein wird in der Weltgewandtheit seiner Kür. Gut ist ihm von Anbeginn, was sich ins Kosmische entladen will; zur Güte strebt es unentwegt zurück in bangender Beweglichkeit, in sorgsam hingelegten Zeichen blüh'nden Mitgefühls, wie in der Hoffnung auf den Sterntag, wo die Dinge im Bewusstsein wieder sich vereinen.

Dann ist Friede, Freude, Wonne und Beglücken überall in seinsbeflügelter Manier.

4.5

Erbarmen an der Welt will Ich dich lehren; das Bewusstsein wirst du in sie tragen, dass ihr Wesen *ist* in unvergänglicher Lebendigkeit, in der Ich Bin in ihr. Verhaltnes Schluchzen neigt sich über ihr Befinden von dem Einen, der ihr Herzblut in dem Seinen spürt und sich die Wendung ihrer Drangsal ins Gebet geschrieben. Lamm geworden, gibt Er Seinen Leib den Schlächtern hin und lässt sich im Bewusstsein Seiner Tat zum Kreuze führen. Bis zur Trübnis Seines Seinserkennens schreitet Er in Seiner Menschenqual und vertraut sich doch dem Vater im Vorübergang der Agonie. Sein Vollbringen ist Erringen des Bewusstseins für das Unvergängliche im Menschheitswesen und bedeutet Sieg des Seienden im Evolutionenringen.

Frühlingsauferstehn ist so dem Zeitlichen Beschieden ins Urewige, das sich nie fassen lässt und mehr als Weite ist und das in schwingender Glückseligkeit Gefährte seiner selbst und Inbrunst jedes Wesens ist, das sich aus ihm erhoben. Den Stein der Weisen trägt, wer dies erkennen kann in seinem Seinsbegründen; die Flamme der Erlösten ziert sein Haupt und strahlt sich der Geschwisterschaft der Myriadenschar entgegen.

Komm auch du, als Seinspartikel Meines Wesens ins Erwachen von des Todesschlafs behütender Manier und lächle deiner eignen Zukunft Würde, Wonne und Beseligung entgegen. Lade dich zum Fest, das Ich im österlichen Freudenschwung für alle hingegeben und bewahre, was du bist im Guten einer Zeit des Reifens bis zur Traubenbeerensaftigkeit an Mir.

Wende sei dir jeder Anfang dem Allherrlichen entgegen, das in deinem Sehnen selber sich ersehnt und das in wunderbarer Eintracht deines Trachtens Stillung ist im Weiselosen.

4.6

Wie Bin Ich denn ins Zwischenreich gekommen, wo die Seelen harren, von der Erdenschwere fern? Was ist Mein Orkus im Begreifen eines Übergangs vom wachen Traum zu lichtdurchsetzten Schatten einer Wirklichkeit, die Mich verwirrt und doch Mein Sehnen stärkt nach Läuterung und Mich-im-Reinen-Wissen?

Da gleitet Licht vom Lichte durch Mein hoffendes Besinnen, eine namenlose Süsse weitet Meinen Sinn zu Ufern der Gerechtigkeit und Würde, des hauchzarten Ahnens eines unermessnen Wonneseins im Reich der

Schöpferphantasien und der Liebeszärtlichkeit des Seins im Weilen.

Ja, ein wunderliches Nah-bei-Mir-Vorüberwehn bewirkte, was Ich fühlend dann in Meinem Sinn zurechtgelegt; ein erstes Osterflämrnchen ging Mir auf als Bote baldigen Mich-selbst-Begreifens.

Nun ist sie da, die Auferlöstheit ins Erhabene desallbewussten Wirklichen, das, ohne seinen Ursprung noch zu kennen, Gegenwart und Wachsamkeit bedeutet, Wirksamkeit und überwältigendes Wohl. Wie klagten doch die vielen, dass sie abgeschnitten seien von dem Etwas, das sie trug und nährte; wie schweiften sie wie hungerndes Getier umher, um einen Bissen Weisheit zu erhaschen, und nun dürfen sie sich wahrhaft im Allherrlichen baden. Blümchen zählen der geschäftigen Natur und eigene kreieren ist ihr Traumberuf, Makellosigkeit verspüren, ihres Seiens Melodie. Nicht zu Unrecht nennt man sie Erwählte und Gezählte; mit Bewundern sieht man, was sie sich geworden sind nach langem Modellieren. Ihnen ist die Güte höchstes Gut und Gutsein ihr Gehaben.

Reisen sie, so reist das Sich-Verschenkende mit ihnen und gewahrt den Allbereiten im Vorübergang ein überirdisch Glücksgefühl im Staunen.

4.7

Einer Osterhymne Hochgebet verbreite sich aus Meinem Sagen ins Allmenschliche; ein Jubelsang erhabner Welten töne wohlgestaltet an sein Ohr und lasse Lieht vom Licht und Sein vom Sein in sein Bewusstsein fahren. Er spricht von einer Wende im Gewalten der Gezeiten, von dem, was Einer nun bewirkte hoch und hehr, in siegreich durchgestandnen Tagen. Die Patriarchen erst sind fähig zu ermessen, in welch gnadenreicher Art die Göttertat ins Menschliche geflossen, mit dem sie sich seitdem in wunderbarer Weise paart. Was sich ins Äusserliche lang verhallte, wird dem vergossnen Blut gemäss zu einem Loblied, das im Innern widerhallt und das in einen Strom von Seligkeiten mündet. Das Welten-Es ist in die unsre eingezogen in nie gekannt intimer Art; Es hat sich in ihr Seelensein verwoben und in ihm als allheilendes Idol bewahrt. So wird das Gute sich von allen Enden schlussendlich als erhabner Strom zu seines Daseins Mitte wenden und zum erweckten Gottessohn. In jeder Seele wirkt, was Er gewonnen und bringt sie wahrhaft in den Stand, das Sphärenlicht zu sehn in tausend Wonnen und des Erkennens leuchtendem Gewand. Das ist das Hochbeglückende, das uns im Wogen einer neu erstandnen Zeit beschieden und das vermählt das hoffende Hienieden mit einer glanzerfüllten Ewigkeit.

4.8

Christus ist auf langgezogner Fährte unser Seinsidol, dem wir das A und 0 des Auferstehns verdanken und dem wir nachzueifern haben. Unser Planetarium im Welt-Gefüge ist so sehr geprägt von Ihm, dass wir von Lösung der Blockade spechen müssen, die uns hinderte am dezidierten Weitergehn.

Den Sinn des Worts "Mein Reich ist nicht von hier" im tiefsten zu begreifen, rätseln wir noch immer um den Brei herum und können es nicht fassen, dass wir eben schon -in Ihm- sind, wie der Vogel in den Lüften, wie der Fisch im feuchten Meer. Es gilt, dem Übersinnlichen in unserm Sinnkreis rechte Ehre zu erweisen, dem was Ist die Würde des Erhabnen zuzuschreiben aber alles Wohl und Weh. Wie der Zweig im Rosengarten in Ihm wachsen sollen wir und Blüten treiben überirdischen Gedeihens von erlesner Schöne. Das bedeutet: Wach sein für die Strophen einer leisen Melodie, die in uns klingt von Tag zu Tagen, von Gelegenheit zu Seinsgelegenheiten und von Lebenswirbeln bis zur grandiosen Glätte einer sonngeküssten See.

Der Gedanke wirkt und nicht das Säbeln, die Gefühle offenbaren sich im plötzlichen Erröten, das uns eine Welt von Wirksamkeit bezeugt im Hintergründigen, die Vorrang hat vor dem, was wir mit Sperberaugen uns besehn. Das Prägnante stösst sich aus dem Weichen in die Zeiten; Liederliches lässt im Heut die Zügel fahren für das Leid, das morgen dann geschieht. Ein Griff ist immer schon gegriffen in der Absicht, ihn zu tun, und wehe dem, der sagt, er könne solches nicht begreifen.

Weise machen Sinn aus ihrem Sinnen; Schöne ziehen Schönheit aus dem Sein und Wackere verwackeln nicht, was ihnen das Unendliche mit auf den Willensweg gegeben. Nur du sollst anders sein? Ich kann's nicht glauben und beteure dir, dass sich das Sein in dir entladen will, wie Pulver in Raketen. Was dir noch zum Zunder fehlt, ist eben nur das Feuer der Begeisterung, ob dem du endlich hissest dich in neue, seinsgetränkte Zonen.

4.9

Machbarkeit ist lange noch kein Ziel. Ethos kommt schon näher an Mein Wollen; doch Gehorsam im Verschmelzen mit der Sanftmut Meiner Absicht ist zuerst gefordert und erfordert Mut und Seinsbewusstheit ohnegleichen. Möchte doch ein jedes Wesen auf dem Weg der wahren Klugheit vorwärts gehn. Möchten sich daraus die Völker wie aus einem Guss an die Gesetze Meiner Tugend halten und das Sein gewinnen im Bewusstsein ihrer Kür. Nur das Allerbeste kann zum Allerhöchsten passen, das Ich Bin und das Ihr seid in wunderbarer Heimlichkeit und leis bewegtem Blauen.

Möchte doch der Wohllaut Meiner Melodie euch allen im Gewissen hell erblühn zur Blume der Holdseligkeit im Reinen. Möget ihr erwachen von des Lebenstraums Bedingen zum Erfahren Meiner Wirklichkeit im Fluss der Weltenharmonie und in der Folgerichtigkeit der Sphären; Wahrhaftigkeit entspringt dem Wahren, das Ich Bin und bleibe ohne jede Ranke im Gefühl. Was Ich immer unternehme, atmet Wohlverstand im Equilibrium der Kräfte, die es in der Schwebe des Entzückens halten; was aus Meinem Wollen sich ergibt, beweist die hohe Schule Meiner Fähigkeit, den Dingen Sinnkraft, Makellosigkeit und Würde zu verleihn in jeder Weise des Bewegens.

Nun, was wollt ihr: Abfall oder Aufschwung sein in Mir? Esst die Wahrheit Korn für Korn in euren dumpfen Tagen und bestärkt euch im Verlangen, Meines Lichtes Glorie zu schaun und Meine Stosskraft zu erleben; Eine Welt von Güte und Gelassenheit steht mitten in der euren und befriedet, was dem Zorn verfiel.

Ihrer inne werdend, werdet ihr des Lamms bewundernswerte Stärke der Geduld erreichen, wie des Wassers sagenhaftes Willprofil. Alles wird euch wie von selbst gelingen und gehorchen im Gehorsam, den ihr leistet Meiner seinsbedingten Majestät.

4.10
Ich seh Mich schreiben Ton um Ton im musikalisch aufgebauten Wortgefüge. Harmonie und Dissonanz sind Folgen eines wohlgefälligen Inhalts und Erfolg geborstener Durchtriebenheiten. Beides macht das Ganze genial und attraktiv für Menschenohren. Sonderbar ist nur, dass immer das, was stört, die Ausgewogenheit begründen muss im Land der Musen, wie im Weltlichen an sich, das aus den Tücken lernt, sich seinsnatürlich zu gehaben. So ist Unwegsames jedermann Gelegenheit, sich einen Pfad zu bahnen; Liebelosigkeit erheischt die Sorgfalt. eines unbescholtnen Herzens und Gefahr ruft Wachheit und Besonnenheit hervor. Vieles, was uns arg bedrängt, kann so verstanden werden als der Inbegriff des Fortschritts, den wir sonst nicht finden würden.

Über allem aber steht ein Etwas, das Verbindend wirkt und dem das Gegensätzliche zum Anlass wird, es in sich aufzuheben. Da fliessen Zeit und Ewigkeit zusammen eines Gegenwärtigseins von unermessnem Wert, von Weiselosigkeit und nicht zu definierendem Erscheinen. Was kann es andres sein, als das "Ich Bin", von dem wir alle wie von einer Mutter Brüsten zehren; was kann es uns bedeuten, als das Eine, das sich als das A und 0 begreift und dem wir immerzu mit Artigkeit und Ohnmacht unterliegen. Einheit aber schliesst die Stimme alles Seienden in ihren Wohllaut ein und so sind wir Es auch, bar des Erkennens, oder auferwacht in Seiner majestätischen Gebärde des Umfangens aller Dinge. Das Erfüllte fühlt sich so im Klaren, das Redliche am Ort der Redlichkeit und das Entschiedene im Absoluten, wo es kein Wanken gibt und Hinterfragen. Offen ist dem Weisen alles, was er lauteren Gewissens vor sich führt und taufrisch ist sein Sein mit allem Sein verbunden, das da ist und war und sein wird in erhabener Manier.

4.11

Bin Ich Mir ein Teil des Ganzen, so Bin Ich auch das Ganze offenbar und kann Mich selber als das Ganze nur erlösen. Erlösen heisst, sich ins Bewusstsein fassen, dass man Ist das Seiende, das sich die höchsten Grade zumisst allen Existierens. Nur in dieser Perspektive werde Ich als Wesen froh des Wirkens und Betrachtens, des Mich-selbst-Erklärens und des stumm Verweilens in berückender Gelassenheit und Ruh.

Es möge jeder sich die Trauben hoch und höher hängen seiner tastend sich befriedenden Philosophie. Dem höchsten Platz gebührt die Ehre des Erhabenseins vor so und soviel hingelegten Schwänken. Nur dem "Ich Bin" ist ganz zu trauen, wo Vertrautheit sich erhebt; nur Sternendenken in Allweiten hat die Kraft, das Individuelle mit dem Adel des Allherrlichen zu versehn. Wer rechtet um den Preis der höchsten Gnaden, ist so linkisch wie die renommiertesten der Toren. Wer sich in Demut hinkniet vor die schaffende Präsenz des Ewig-Guten, verschafft sich den ersehnten Vorsprung vor der Gilde der Vergoldeten in Reinkultur. Mag sein, dass sich der Schein zu unerhörtem Glanz erhebt im Paradieren, doch muss auch er vor dem erblassen, das da seiner eignen Würde Wohllaut ist im übersinnlichen Gepränge reinen Gottesstrahlens. Das Wahrhaftige macht sich nicht gross. Des Eigendünkels bar, begleitet es die Weltenwesenschaft auf seiner Bahn zu grössrer Nähe oder Ferne vom Ersehnten und befruchtet ihr Erfahren und Erkennen mehr und mehr. Wie zu Zeiten Abrahams gilt heute noch der Satz vom Siegen der vertrauenden Vernunft, wie der durchseelten Herzensglut, die alles mit der Wissenschaft des Seins versorgen und als Leuchten an der Vorfahrt zum Elysium stehn. Wacker, tatenträchtig und gediegen sind die Handelnden im Sinn der Liturgie des Friedens, die in Meinen Gauen sich vollzieht.

4.12

Vor Edelfischen hege Ich Bewunderung in höchstem Masse, weil sie mit so schillernder Präsenz sich lässig durch ihr Element bewegen. Klein und zierlich, ohn' Besinnen, flunternflach und pfeilgeschwind im Schnappen,. tragen sie das Siegel Meiner Merksamkeit und schiessen aus dem Hinterhalt ihr Opfer an, ihr Dasein zu bezeugen. Was Menschenart betrifft, so sind die Dinge recht verschieden, denn ihr Wirken setzt so viel ins Spiel, dass manche die Natürlichkeit verlieren und die Patina des Dekadenten setzen an. Das ist, weil sie den Blick aufs Ganze nicht für sich gewonnen haben und im Strom des Pflegens ihrer Eigenartigkeit dem Sinn fürs rechte Mass abhold geworden sind. So lassen sie sich von den selbstischen Genüssen ins Abseits von Meiner Mitte treiben, allsolange, bis ein treffendes Ereignis ihnen die Gelegenheit zur Umkehr und zum Seinsbesinnen offenbart.

Manche merken sich die feinen Zeichen Meines Mahnens ohne Widerstreben und verbinden sich mit dem, was ihnen frommt in vollen Zügen. Ihnen kann Ich Meine Führung applizieren, wandelnd mählich ihres Sinnens Ton, dem Übersinnlichen entgegen. Wie das ferne, süsse Summen schwärmerischer Bienen, summt die Freude sich in ihr Gemüt und bereitet ihnen Losgelöstheit, Heiterkeit und Seinsvertrauen für und für. Kein Brillant kann so erstrahlen, wie der Gottesfunke, den sie schauend im Bewusstsein ihrer Mitte sehn und der sie in der Schwebe hält, des überzeitlichen Brillierens. Wunderbarerweise froh in ihrem Sich-Begründen, weitet sich ihr Seinsgefühl ins Unermessliche der Sphären und begabt sie mit der Grazie des Absoluten, der sie schweigend, dankend, liebetrunken unterstehn.

Währenddem die einen "Mayday" rufen, sehen sich die Seinserhobenen im Dom der Andacht vor sich selber stehn, als makellos Gewordene im Stand von unsagbar beseligenden Gnaden.

4.13

Ich Bin die Weise des Erfüllens einer grossen Menschen-zukunft jetzt und trage Meine Mission wie ein geheimes Weh im Herzen reiner Gläubigkeit vor einem Riesenheer von Unbedachten. Keime säen ist Mein Stil, und ernten werden andere in Zeiten übergrosser

Seelennot. So subtil ist alles, was sich abspielt in den inneren Reichen; wieviel sanftes Lösen braucht es noch, bis alle wunderbar erlöst sind von den Wahnen ihres blinden Sehns. Seinslust ist in jeder Herzensfalte der Verwandelten zu spüren, wenn sie strahlenden Gewissens fürbass durch die Lebenszeiten gehn. Silberhellen Fliessens Melodie entspringt in ihrem Ihre-Welt-Bedenken und verfliesst sich ins Geäder ihrer Menschenwesenheit als Gabe graziöser Anmut und erlesner Poesie. Herzensgut und hilfreich ist, was uns die Daseinskünstler von sich geben; farbenfroher Bänder Leuchten weben sie geschickterweise in den allgemeinen Trauerflor.

Ohne Schwung ist nichts zu haben; ohne Aufschwung fallen die Geschlechter in den Pfuhl der Selbstgenügsamkeit und des beschämenden Geniessens von geklauten Früchten der Natur. Es ist die Raffgier, die schlussendlich schadet, nicht das Weise-sich-Beschränken auf die angemessne Zahl. Uns nicht überheben, sondern überlegen sollen wir im grossen Zirkus der Gewalten. Feisten tut ihr Speck am Ende weh, und Grünspan ist ein Gift, das sich voll Tücke an die Fersen derer heftet, die im Weltenweben stille stehn.

Bienenfleiss allein erfüllt die Waben des Gerechtseins mit dem Nektar überird'schen Wohls und spendet Seelenfrieden und Beseligung den Seinserfüllten sonder Zahl im Wandel der Gesinnung, die Ich sinnend intoniere. Wende ist in jeder Menschenzelle ein beglückend Herzgefühl von Trautheit mit dem Ewigen in hoch erhobener Manier.

4.14

Mach einer Tanne Platz, wenn sie darnieder stürzt, sonst wird sie dich erschlagen. Geh nicht blindlings durch die Welt der Seinsaffären; viele sind dir vorbestimmt und sie zu meiden heisst für dich Gefahr. Horche auf den Takt des Lebens und beeil dich, ihn mit Harmonie und Ausgewogenheiten zu versehn, damit nichts Schändliches geschieht in deinen Gauen. Dem Geschnatter und Geplapper der Verführten schliesse dich nicht an, die Seele zu besudeln, denn ein jedes Wort wird allsobald dir auf die Waage der Gewissenhaftigkeit gelegt. Kritisieren schwächt, was du in Wahrheit bist, weil du dich täuschest in der Meinung von dir selbst, im Überheben. Lass den Dingen ihren Lauf, die dich nichts angehn und berühre stets mit Vorsicht, was dein Teil ist, in der Lebenshistorie. Genug noch werden dir die falschen Götter zürnen, wenn du einbrichst in ihr selbstgefälliges Reich mit guten Taten. Wortlos und bescheiden geh den Weg der Tugend vor dich hin und mahne dich und nicht die andern.

Wer die Weisheit sät, wird Wohlgefallen ernten; Güte zeugt Vergeben, und Gelassenheit bewahrt vor Zänkereien in der Hähne Stil. Nun wähle, was du willst und komm Mir nah, und drifte von Mir in die Fernen. Weide dich und Meiner Lämmer Schar im Guten und befiehl dich Meinem Schutz, wenn du den Lauf vollenden willst in seinerspriesslichen Bahnen. Meiner Absicht soll dein Wirken folgen; was Ich dir verstrahle, sei dir Helle auf dem Weg, dich in die Götterherrlichkeit zu führen. Mass für Mass und Gleichmass im Berühren wird dich treffen in der Liturgie der Geister, die dich interessiert umstehn. Wähle, sag Ich dir, und wähle gut, wenn du nicht willst verderben.

Deinem Sinn zufolge wirst du dann erwählt und auf den Thron erhoben des erhabnen Intonierens neuer Weisen in dezenter Seinsmanier. Klänge von erlesner Qualität sind dir ins Bilderbuch der Auserlesenheit geschrieben, dass du sie im Wenden wendest, wundervoller Fülle zu. Bewahren sollst du ewiger Frische Zug in deinen Gründen und bestärken dich voll Verve an dem, was Ich dir in die Schalen des Gewissens lege.

Seinsvertrautheit sei dein Los und Seinsgestilltheit kröne dein Verlangen nach bewusstem Seligsein im ewigen Jetzt und Hier.

4.15

Göttlicher Frieden ist dem Menschenvolk beschieden, wenn es sich erlöst von allem irren Tun. Es ist ein Aufstieg sondergleichen, der ihm noch bevorsteht, wie ein mähliches Erwachen in das Wesen der Unendlichkeit, doch muss der Wille dazu in den Herzen keimen. Alles ist so weise eingeführt ins Leben, dass für die ins

Zeitliche Geborenen im Wirken der Gesetze der Natur das Heil liegt einer grossen Wende im Gemüt.

Sieh den Silberstreif am Horizont der düsteren Prognosen und beeil dich, seinetwegen in die Stapfen Tapferer zu treten, die sich nicht beirren lassen von dem Fehlschluss, den das Sinnliche uns auferlegt. Im Durchschauen der mechanischen Bewegtheit der natürlichen Gebilde sollst du die Impulse finden, die sie zur Bewegung treiben, und diese sind mit keinem Messer zu ergrübeln, keiner Lupe zu ersehn. Pflanz doch, was man geistig nennt, wie eine fortgesetzte Feuersbrunst in deinen Seelengarten, dass sie alles Unkraut falschen Denkens dir vertilge und die Schönheit des Erkennens der geheimen Kräfte, die's bewirken spriessen lasse. Bitter ist es, soviel Not zu sehen und zu wissen, wie die Völker sie in Freude und Begeistern, Bruderschaft und Friedefertigkeit verwandeln könnten.

In der stillsten Stille wird es dir gelingen, dich auf dich selber zu besinnen und die Lebensdinge dir ins rechte Licht zu rücken einer sagenhaften Kür. Was du wissend dir errungen, löst sich auf im heiteren Gewahren des "Ich-Bin-dies-Alles" auf des Werdens und Versinkens Götterspur.

Du weisst nun, dass die Kräfte deiner Selbstheit ungetrennt vom Höchsten bis in Unterste der Sphären reichen und dein Handeln, Handeln einer Gottheit ist, herab von unermessnen Höhen hoch bedeutungsvoll als majestätische Gebärde des Unendlichen im Zeitgewühl.

Was dies Wissen bringt, will Ich mit Seligkeit des Absoluten im Gemüt benennen, die sich fortträgt durch die Tage des Im-Weltenreich-Erscheinens, wie durch jenes Weilen, das im ewigen Jetzt an dir geschieht.

4.16

Die Seinsgedankenfolge lässt Mich nimmer los und lässt Mich erst im Leben leben, denn die Zuversicht auf Künftiges ist in ihr ebenso enthalten, wie der Vers des heiteren Geduldens im präsenten Weh. Die Hoffnung macht, dass jeder Drangsal freudiges Erwarten innewohnt; Ertragen stärkt den Willen und Behutsamkeit im Unterscheiden fördert deine rechte Wahl.

Es liegt ein Glanz auf allem Seinsbegaben, der uns im Schreiten und im Streiten unterweist und führt zu seligen Gestaden. Sein linder Hauch berührt des Seelenseins Gefilde in besänftigender Weise und bereitet ihm den Trost erlesnen Ruhns. Der Schimmer des Erhabenen lässt jedes Herz Erquickung finden im Erfahren der vollendeten Genügsamkeit im stillen Weilen. Das Gestillte ist in sieh der Anmut schönes Zeugnis, das die Welt erfreut im Freudenkreis der vielen.

Von Bestimmtheit zu Bestimmtheit hüpft der Sinn im Seinsbesinnen; jeder Lage sinngemäss gewachsen, trägt er sich ins Buch der Weisheit und Wahrhaftigkeit und weiss sich wie ein Götterherold zu benehmen. Der Vertrautheit mit dem Oben schliesst sich das Vertrauen in das Untere an und bildet so den Ringeltanz der einen, seligen Gewähr.

Was macht die Geister so verschieden? Dass sie sich den Rücken kehren und vermeiden, sich in stillender Bedächtigkeit die Augen zu besehn, denn diese würden reden von demselben Funken, der in ihren Hintergründen glüht und von derselben Stosskraft, die die Wesen treibt, das Fremde zu erforschen, um in ihm schlussendlich nur das Allereigenste zu sehn. Es gibt nur Einheit in der Höh der seinsbewussten Sphären; dort vereint sich Kreis um Sinnkreis zu demselben, allumfassenden Gespür fürs Grandiose, dessen unverbrüchlich Teil wir sind und dessen Fülle uns erfüllt mit Seinsbegeisterung und überwältigender Harmonie.

4.17

Der Gerechtigkeit des Himmels kannst du nicht entgehen, weil du selber Bist ein Himmlisches mit allem Vorzug, allem Nachteil, der dir angeboren. Wähnst du dich allein, so ist es eine Lüge deiner Hirngespinstigkeit, die dich verführt zu solcher Blasphemie. Wie kann ein Karpfen sich, im Teiche schwimmend, ledig allen Wassers sehn? Unmöglich. Aber du versteifst dich aufs Behaupten, dass das Übersinnliche, weil du es nicht ersiehst, nicht existiere, derweil du in ihm schwimmst und Es das Element ist, dich geschmeidig und lebendig zu erhalten.

Brummer zieht man rasch aus dem Verkehr, und brummst du weiter, wirst auch du ins Unterirdische gezogen von Schwermutskräften, die du nicht einmal erkennst in deinem Dich-Verzappeln. Was dir not tut, ist ein klares Bild von Mir, in dem du dich erkennst allwie in einem Spiegel. Du wirst rufen: Eine Klappe fiel vor meinen Augen, dass ich nun die Welt mit Seherblicken seh in ihrer hintergründigen Würde, ihrem wahren Glanz und ihrer Fülle im Vergeben. Deiner stillen Stunden sollst du dich bedienen, um in übendem Besinnen mählich allem Sinnenfälligen zu entgleiten und erkennend zu erfahren, was du wirklich Bist in deiner Menschenhülle und Statur. Wachsen wird dein wahres Selbstgefühl und klein und kleiner werden deine personale Egozentrik, die sich wichtig machte, wie ein Schreihals in den Windeln.

Kannst du dir das Monument des Meergotts Poseidon vor's Erinnern rücken? Ihm gleich wirst du deinen dunklen Wassern still entsteigen und mit majestätischer Gebärde neue Horizonte übersehn. Tugend wird dein Haupt wie Siegeslorbeer kränzen und gewaltig wirst du herrschen über deiner neu erstand'nen Lande Weiter-Gehn. Wach und heiter siehst du Wonnen der Begeistrung dir entgegenwogen und gewahrst der Geistessonne milden, gütigen Strahl. In die Seinsgewogenheit erhoben, wiegst du dich in Tänzen der Holdseligkeit und weidest dich, gelassen und gestillt, am ewigen Wohl.

4.18

Leid als Strafe will Mir nicht als letzter Weisheit Schluss erscheinen; wenn es aber Weisung ist zum Höheren durch Hinweis auf Gebet und Dulden und Gerechtigkeit und Güte, fügt es Sinn zum Sinnen, und das Menschenwesen wird gerade ihm die Klärung des Bewusstseins zu verdanken haben.

Leid ist eine Order in der Götterordnung für Beständigkeit im Streben nach dem Absoluten, dem wir zugehören sollen; es verpflichtet uns zu mehr und mehr und hilft uns, jeden Schlendrian weit hinter uns zu lassen in der Tage Siegesmelodie. Wachsam und erhaben will es uns in jeder Weltenlage sehn, aus der die Lebenslage uns hervorgeht, die wir auszumodellieren haben.

Was errungen ist, bringt Freude in des Herzens hoffendes Gemach; jeder Berg, den wir bestiegen haben, zeigt uns mehr an liebenswürdigen Auen und erweitert unser Kennen, wie das Können um den Grad der Leidenschaftlichkeit, mit dem wir unser Werk beginnen und vollbringen, vor uns her. Wer wird es dann zuerst bestaunen, wenn nicht wir in unserer naiven Weise, unsre Lebensdinge zu durchschauen, um allmählich ihren tiefern Sinn im Kreis des Sinnenfälligen zu sehn.

Disponiert zu Taten sind wir nur durch Dinge, die uns in der Seele brennen und gebieterisch Erlösung wollen vom gepressten Zustand, der sich weiten und entfalten will ins köstliche Erblühn. Unsre Hände sind der Gärtnerzunft geweiht, die Schönheit zieht aus wunderlichen Keimen und das Wachsende behütet, bis es vollen Wuchses dasteht in Erhabenheit und Ruh. Jeder Sinnspruch wallt vom Höchsten in die Niederungen menschlichen Geschehns und befruchtet und befreit, was in ihm nach Befrieden dürstet und Besänftigung und mütterlichem Wohlverstehn. Aus Allerkleinstem wird sich so das Grösste winden, im Erwarten der Geschlechter, wie im Wogenkreis der Evolutionen, den die Götter um sich ziehn.

Aller Dinge Einfall wird zur Gabe glorioser Wohlfahrt, wenn wir sie in Seinsverständigkeit im Gnadenlichte schauen.

4.19

Sphärenharmonie berührt den Sinn in sinnenloser Weise; lächelnde Genügsamkeit verbreitet sich im Ich-Gefühl und lässt die Seele sich in tausend Freuden baden. Der Freundlichkeit der Daseinsform geweiht des stillen Überlegens, leiste Ich Mir selbst den allerbesten Dienst und walte nicht und schalte nicht vom Hundertsten ins Aberhundertste, in einer ewigen Litanei des Werkens. Der Musse königlich vermählt, gereicht Mir jeder springende Gedanke gradewegs zum Wohl, bestätigt sich und setzt sich Mir ins lautere Gewissen, um getrost der Dauerhaftigkeit zu frönen. Leis, leisen Aufschwungs kehrt die Ruhe ins Gemüt, nach langem Hin und Her und weitet sich und breitet sich wie eines Windhauchs Grazie in lichterfüllte Fernen. Das Seinselysische erscheint im Selbstverständlichen, das Mich beseelt und zieht in stillem Gleiten Silberkreise vor Mich hin. Wie leicht ist es, das Leben mit Bekömmlichkeit und Jugendfrische zu verbrämen, wenn sich alles wie von selbst zum Rechten fügt und in den Himmel der Gerechten Wohlgerüche steigen. Meisterschaft zu ernten war schon immer Meines Wollens Ziel und ist es auch des deinen in der Seinsgediegenheit, die allen offen steht und die sie all umschliesst im wunderbaren Reigen des geschäftigen Vereinens aller Gegensätze im Allhier.

Was Ich meine, soll auch deines Meinens Urbegründen sein und Festigkeit verleihn im Wanken. Wessen Ich Mich zeihe, zeihe sich dein Sinn im werdenden Geschmack an Mir; denn eine Speise Bin Ich allen, die Mich suchen. Köstlichkeit um Köstlichkeit vernimmt, wer seiner Muscheln eine an Mich legt, Wahrhaftigkeit zu hören. Süsser Singsang soll ihn allsogleich betören, wie er Meiner Güte sich ersinnt in Glut und Andacht, in Ergebenheit und grandioser Einfalt vor dem Allumfassenden, mit dem Ich ihn begabe. Feinheit im Befrieden leiste Ich, wo immer Meiner Züge Glanz gesucht wird und ins unermessne Finden sich verstrahlt.

4.20

Dafür, dass Ich Bin, will Ich hier Gratias sagen, Lob verkünden aus dem Mund des tausendfältigen Mich-Verwandelns in die Züge Meines Welterscheinens. In Mir selber Bin Ich ewig jung und schön und lasse Meine Daseinskräfte sich ins Weltenall verströmen. So wird aus dem Schaum des Meeres Lieblichkeit geboren; aus der Grazie der Sternennacht erhebt sich sanft und seinsbewusst der Morgenröte Schimmer, eines neuen Tags Gediegenheit zu gründen. Jede Gabe Meines Mich-Verklärens bringt den Wesen Auferstehn und Wohl und weitet, was sie sind ins Unermessliche der Sphären Meiner Huld, die alles mit Allherrlichkeit begütet.

Musensöhne lesen aus dem Buch der Weisheit, dem Ich Mich in Würde und Verspieltheit eingeschrieben. Wort um Wort entziffern sie und fügen jedes in den hochgalanten Melodienreigen, der daraus ersteht, die Lebensfreuden zu verkünden. Nichts ist ihnen zu gering, es mit den Augen Meiner Schaukraft augenblicklich zu beschreiben und in Meinem Sinne zu erhöhn, damit es faszinierender vor aller Welt erglänze, als der Göttlichkeit Idol. Das macht, dass Ich die Hand auf ihren Scheitel lege, um sie ganz in Meinem Dienst zu sehn, der Mich beschreibt und Meiner Trefflichkeit den Weg bereitet im urewigen Weitergehn.

Frage dich, was würde ohne Mich geschehn und sage ruhig: Gar nicht viel; denn, wo der Ursprung fehlt, fehlt auch das Springen und die Pferde des dezenten Galoppierens stehen lahm und faul im Stall und lassen sich zu nichts verführen. Sohnsein heisst, das Väterliche anerkennen, statt auf den Irrweg nach sich selbst zu gehn. Geruhsamkeit fasst Ruhe aus uralten Strömen, die den Sinn ernähren jeder sinnenden Begierde in der Menschengilde Wogen. Wie der gute Hirte führ Ich sie zur fetten Weide der Vernunft und tauche ihr Gefühl ins Bad der bleibenden Glückseligkeit im Reinen.

4.21

Vollerwachte Gottesruh trägt dich von Tag zu Freudentag in Innigkeit voran und heisst dich leben, weben, streben ohne Wenn und Aber in der Athmosphäre der verwundenden Gewalten und der Widerstände, die aufs Ganze zielen. Weh und Würde sind im Menschsein nicht zu trennen, weil sie die Geburt in eines neuen Daseins Glorie bedeuten, das wie keines gültig ist in letzter Konsequenz und in der Fruchtbarkeit, die ihm entspriesst unendlichen Erlabens.

Bände sprechen für die innerweltlichen Belange, die in namenloser Feinheit ihre Fäden ins Lebendige ziehn. Sein ist nicht verborgen, wenn man's recht besieht; es waltet jederzeit in jeder Furche des Gedeihens und versieht die Wesen mit der Kraft der Lieblichkeit und des Gestaltens neuer, aus dem Weichen modulierten Formen, die Entzücken und Begeistrung um sich her verbreiten. Aus dem Innern prägt sich eine Welt wahrhaftiger Schönheit in das Sinnenfällige, das uns eben täuschen kann, wenn wir's nicht aufmerksam betrachten und in seiner wachsenden Struktur die Seinsbewegtheit schauen.

Was so oft so niedlich scheint, ist eben immer noch Gekonntheit und Gediegenheit im höchsten Grade, die wir Banausen von Geschöpfen nimmermehr erzielen könnten. Unser Trachten geht ins kindliche Sezieren der Gegebenheiten und verliert sich nur zu leicht im Detail, ohne noch die Einheit aller Dinge fest im Auge zu behalten. Nur der Seinsblick kann dies letztlich tun und kann in Kompetenz erklären, was sich abspielt in den Gründen der Natur.

Halt im Haltenlosen finden heisst, in Seinsbewusstheit vor sich selber und den Weltendingen stehn und alles als ein Eignes, Inniges betrachten, allsoweit es immer sich erstrecken möge. Grösse ist allein im Wahren gross des Absoluten und entfaltet sich in Harmonie und wundervoller Eintracht zum vollkommnen Wunschbild, das ihr mit auf Weg und Steg gegeben, alleweil in Mir.

4.22

O guter Herr, erhalte uns in Friedefertigkeit im Reinen. Wieviele Ziele sind zu lassen und zu meiden, vor dem wunderbaren einen. Sovieles geht nicht an, wenn wir's in Ruhe uns bedeuten; so manches sei zuerst getan im Sturmlauf lebensfrohen Streitens.

Es ist ein Bitten und ein Loben
in der Bitternis der Zeit
um Hilf und Gut von Kräften droben
denen glühend sich das Herz geweiht

Die Übel walten im Entfalten
des Rettens Netzwerk dehnt sich stockend aus
soviele Seelen sind gespalten
und finden schwer ins Vaterhaus

Es ist ein Locken und Verzagen
in tiefen Gründen so und so
ein Jede-Geste-Hinterfragen
in einem Daseinsdomino

das droht bei unsres Schicksals Lallen
in einem fortgesetzten Nu
von Stoss zu Stoss dahinzufallen
dem letzten Wesensabgrund zu

Nur, was uns hält ist unbestritten
der Mitte Fünklein, das Ich seh
nach allem, was wir ausgelitten
das Zeichen einer guten Fee

von der wir Kräfte dürfen zehren
der Heiterkeit und des Verstehns
und die uns bringt zu hohen Ehren
in des Behinderteins Vorübergehn

Das Frische siegt in Tages Walten
so dürfen denn mit frohem Mut
die Hände das Gesunde halten
als vielersehntes, köstlichs Gut

Blinde sehen, Lahme gehen, sagen uns die Bilder, die uns beispielhaft durch's Leben führen. Spüren dürfen wir ein göttergutes Wehn, in dem sich alles birgt, was wir so nötig haben, um Geborgenheit und Ruh zu finden. Nun aber ist's getan. Das Hohe waltet, was Ich Bin geht mild und wild voran, entledigt sich der Tücken und versieht den Dienst am Einen in gelassner Überlegenheit und wachem Wohlbegreifen. Berge sind versetzt, die Hügel hüpfen wie die Lämmer und der Sinn ist so getrost, wie alle Sehnsuchtsvollen, die getröstet an der Klagemauer stehn.

Was uns die Liebe bringt, ist ungemein verschieden vom gemeinen Weh und lächelt uns in trauter Anmut liebevoll entgegen. Sonnenwesenschein umhüllt uns warm und licht und schön.

4.23

Jede Botschaft Meines mahnenden Gerechtseins träufelt Ewigkeitsgedanken ins Vergängliche und schöpft aus Quellen reinen Da-Seins Seligkeit und Harmonie. Alle Wege sind Mir offen; Lust und Leichtigkeit bewegen

Meines Fühlens makellose See und kräuseln ihren Spiegel wie der Windhauch eines Sommersonnenmittags in elysischen Gefilden. Einer nie versehrten Freudenfeier gleich erlebe Ich das Fest des Seiens in den Zonen Meiner Ruh und vergebe, was Ich Bin ans weltenwebende Gedankenspiel. So hat sich keiner noch getroffen, denn in Mir; so reifen alle Reinen still zu Meiner Unbescholtenheit hinan und leben sich und streben sich in Meine Gründe, hoffenden Gemüts, das Siegel der Wahrhaftigkeit ertragend.

Weilen, unverbrüchlich weilen in der Sinnkraft Meines Mich-Erhaltens, ist Mein Stil; Arabesken schneiden aus gesammeltem Empfinden, Meines Webens schauende Gebärde im Niemandsland des raumgestaltenden Erwägens. Zug und Zug im Zuge Meines Handelns ist berückend schön und tauft das neu Erstandene mit Seinskraft, Heiterkeit und philharmonischen Gesängen aus der Schar der guten Geister, die ihr Wirken in des Loblieds lichtem Sich-Verströmen sehn.

Alles hier liest aus den Büchern weisen Unterweisens, was ihm frommt in Zeiten von Bedachtsamkeit und wonnevoller Seelenruh. Die sanften Griffe in die Saiten lösen Melodien von so süsser Trautheit des Erblühns, dass alle Seinsbegabten lauschenden Gewissens innehalten im verspielten Tun und sich im Bad der Klänge, wie an liebevollem Zärtlichsein erlaben. Wunder über Wunder des herzinnigen Erlebens öffnet sich den Wesen des Beschauens Meiner Gloriole und bewegt ihr lächelndes Gestilltsein mit der tänzerischen Grazie eines Elfenreigens. So ist, was Ich Bin in allem eine Fabel wachen Freiseins in beglückender Manier.

4.24

In jeder Himmelsakrobatik will die Freude wieder auferstehn. Der Ich dies sage, sagt es ins Gewissen einer Welt von Wanderern zu Mir. Was ist mit Hiob, wenn es nicht ein gottergebnes Seufzen ist nach Meinem nie gebrochnen Starkmut in der Freundlichkeit der Sphären; was bewirkt, dass Ich Mich wieder finde, wenn es nicht die Leidensstösse sind, die Ich dem eignen Wesen auferlege in der Schar der Dulder, die in Mir sich recken, strecken zur ersehnten Menschenseelengrösse licht empor. Einmal und für immer ist dem tapfern Tun Erhabenheit beschieden im Erkennen, dass das Wahre unverbrüchlich Ist ein makelloses Seinserleben. Wieder schreitet einer durch das Tor und immer wieder, bis die Garde der Erlösten in Vollendung Meiner Schöpferkraft Triumph ist, im ergreifenden Beschauen.

Reichtum des Erlebens sammelt sich zu einem abergrossen Weltgefühl, an dem Ich Mich auf wunderbar beschlagnem Thron erlabe. Licht und Lobeshymnen reichen sich die Hand in nimmermüdem Glänzen vor der seinsbedingten Majestät, die Mich ergriffen. Klarheit, Siegesjauchzen und Verschmelzen mit dem allgefühlten Einen, sind die Attribute Meiner hochgestimmten Glorie im Gewahren.

Reinheit des Gewissens, Wonne und die Zartheit der elysischen Begebenheiten wirken wie der Wohllaut einer ewig fortgesetzten Symphonie im Land der aufgelösten Rätsel und des schattenlosen Leuchtens aller Dinge aus dem eignen Sich-Verwehn. Freisein im befriedeten Gedankenspiel ist hier zu finden und ein Seelenjubilieren sonder Treu im sich erfühlenden Ich Bin, das wie die Abendsonnenröte eines grossen Atems sich entwöhnt, um wieder, nach gewaltigem Beruhen, einem neuen sich voll Schöpferwillen zu vergeben.

5

Wende zum Erhabenen

5.1

Dieser Menschheit will Ich sagen
wie die Dinge wirklich stehn
im bewussten Seinskraftüberragen
dem wir nimmermehr entgehn

Lob der Fernen will Ich senden
in die Herzen Meiner Näh
will Verwegenheiten spenden
dass das Wunder dann gescheh

Des Verwandelns aller Zeiten
in die eine, feine hier
die der Seele im Entgleiten
wird zur allerliebsten Zier

Und zum freudevollen Streben
nach des Himmels lichtem Wehn
das die Heilen im Erleben
voll des Dankes vor sich sehn

5.2

Ein würdiges Gebet ist allemal ein Sich-Verbinden mit den Sphären wonnevoller Ruh, die jedes Gran der Schöpfung liebend in sich tragen. Heiter sein heisst, sich des Wissens wissentlich bedienen, dass die wesentlichen Dinge gut und immer besser stehn im Wandel des Gemüts und im Erkennen der begütigenden Kräfte, die im Wechelspiel mit aller Herren Kräften ihren Part aufs trefflichste erfüllen.

Bienenfleiss ist immer auch im Übersinnlichen zu orten. Pausenlos bewegen die vom Sein Bewegten in den Weltenhallen das Geschehn und fassen eine Vielfalt von Begebenheiten wundervoll in eins zusammen einer einzigartigen Schöpfermelodie. Das dezente Kolorieren einer blühnden Farbenpracht im Garten spriesst aus wohlbedachtem Handeln einer hoffenden Regie von Geistern des Gedeihens in der Tat. Wie wenig können Menschen doch zum endlichen Gelingen noch bewirken, wenn die Samen und das Weben und Bewegen, wenn das

Wachsen und Entfalten jeder Art von Knospen ausser ihrem Einfluss stehn. Eben nicht von selber wächst, was wachsen will; es enthüllt sich eines Weltenwesens Grazie in jedem Zweiglein der Natur, die uns in staunendes Entzücken setzt, ob ihrem stillvergnügten Walten.

Waben füllen, Täler sanft in Nebel hüllen, Sonnenschein kreieren und der Lüfte Spiel regieren, fliesst aus einer Myriadenschar von dienenden Gesandten eines Königshauses, dessen Zinnen ins Verborg'ne ragen einer Wirklichkeit, die unsrer wunderbarerweise übersteht im ewig Dauern, wie im Wandel, den sie unaufhörlich inszeniert.

5.3

Morgenfeier in der Kunst, dem Ausserweltlichen gehörig Glanz und Würde zu verleihen in geschmeidigen Sätzen voll Wahrhaftigkeit in überird'scher Weise, strahlend schön. Wer tunkte gern die Feder ins galante Tintenfässchen, wenn er nicht das Wahre sich vom Herzen schrieb und dem Beschauer das zutiefst Erlebte in geschwungnen Lettern präsentierte, dass es in ihm wieder aufklang, taufrisch und gediegen; so auch Ich, der Selbstheit eines jeden Wesens glänzendes Idol, geprägt vom Willen, das Erhabene zu wirken und die Seinsgedankenfolge ins Reale zu vertun. Wucht und Wachheit giess Ich in den Strahl, der dies und das zum Sein erweckt in majestätischem Gebärdenspiel und im Gewissen der vollendeten Struktur, die ihm zu eigen. Wesenschaft zu Wesenschaft füg Ich in nah verwandter Weise, wie in neu erfundnem Aufwall lachender Brisanz, die tönend und betörend den Beschauenden erreicht, erregt und wieder ins Gestillte führt, balsamischen Verweilens.

Mein Trachten überwiegt gar manchen Trachtenpaars Gewichten auf der Schale vifen Präsentierens und gefällt sich ohne Selbstgefälligkeit im Reigen der gekonnten Taten, den Ich tanze vor Mich hin. Seinsbewehrt Bin Ich und will es bleiben allsolange wie die Weltlichen sich selbst verspotten in der Gläubigkeit, das Wahre in den Dingen nah zu sehn. Fern und ferner driften sie von Meiner Art, aus dem Erkennen Kapital zu schlagen und Gereimtes ins Gereimte zu verweben, bunt, berückend schön.

Die Armen sind die Warmen an der eignen Flamme, die sich nicht in Gottesfeuern baden und in flammender Begeisterung einhergehn, aller Welt zum Nutzen und dem Sein zur anerkannten Zier. Voll des süssen Weines ihrer Wahne taumeln sie durchs Leben der Geschäftigkeit und kargen sich zutode am Gerinsel ihrer Schwachgepulstheit eigenen Erfindens. Unaufhörlich ruf Ich sie und dich beim Namen und beschwöre das Verlorene, sich wieder einzufinden in den Hallen Meines Widerhalls im Ewig-Guten. Denn gerecht sind nur, die Mich gefunden haben auf der langgedehnten Suche nach Gerechtigkeit und Frieden, nach beglückender Bewusstheit in den Sphären Meiner seinsbedingten Ruh und nach der Lösung aller fesselnden Lianen. Freisein ist in Mir der Güte Zug und Wesenhaftigkeit Mein allerhobnes Schauen.

5.4

Vom Standpunkt des gereizten Löwen bis zu dem des sanften Lammes in begrünten Auen ist ein weiter Weg zu gehn und durchzustehn. Selbstbescheiden war noch nie als Kinderspiel zu lernen; Selbstbeherrschen fordert Grösse im gekonnten Lebensspiel in tausend Variationen. Spürst du dann ein Etwas, das dich führt in deinem Führen, bist du auf dem Weg des Heils zu Mir, der Ich dein Sinnen und Bedeuten Bin auf allen deinen Wegen. Nun lässest du es zu, dass Ich als A und O gestaltend und gewieft in deine Zügel fahre und gewährst Mir, was du dir gewähren willst im Equilibrium der seinsbedingten Ruh. Das heisst, du hast dich Mir vermählt und bist aus einer See von Plagen in Mein Freudenmeer gestiegen, lichtvoll und beglückend schön. Nicht schwer fiel dir der Abschied von den Lebensschauern; dein Bewusstsein weitete sich mehr und mehr zu einer Schau von ungezählten Gnaden. Es fallen dir hier Anfang und Vollenden wunderbar in eins zusammen eines fabelhaften Seinsgefühls, in dem die Seele sich als frei und fromm empfindet vor dem Ewigen, das sie sich selber ist in seinserhobner Frische und in gleichgewichtiger Majestät. Ihr Wesenhaftes ist vor ihr erschienen wie ein lächelndes Phantom, das sich bewussterweis erlebt und in die Scharen reiht der Echten, die sich im "Ich Bin" für immer etablierten. Eins in Freundlichkeit sind See und Seele; Ausfluss und Unendlichkeiten reichen sich die Hand zum Bund der einen Wirklichkeit, die Ist in jeder Weise des erschütternden Bestehns.

Was eine Coda ist, brauch Ich den Musensöhnen nicht zu sagen; doch dass Ich keiner dürftig bin in Meiner Hemisphäre, ist wohl das Bedeutungsvollste, das es gibt und das allein im Seinsvollenden sich ereignet, wo die Wesen sich im Ewig-Augenblicklichen, wie im präsenten Überall befinden, selig, liebelichterfüllt und schön.

5.5

Wie die Eiche, wie die Linde walle wachsend in die Höhen Meiner Tauglichkeit und lasse Sturm und Säuseln, Lust und Unlust, Mangel und Gestopftheit hinter dir. Deines Strebens Bug sei, was Ich meine, was Ich Bin in deiner Eigenart, dich wunderbar emporzuführen. Alle Nebel schwinden vor dem Lichten, dem Ich dich vermähle; Leichtigkeit und Frohsinn ziehen dich in Mein Revier und jede Geste Meines Dich-Umfangens will dir innig, innig wohl.

Was du trägst, helf Ich dir bis zur Neige still ertragen; was dir Weh bedeutet, lass Ich im Bestreben zu, dein Augenmerk zu wetzen, dass du Meiner Pläne Wohllaut siehst in jeder Phase deines Aufgangs über neuen Horizonten. Bangigkeit löst sich ins lächelnde Befreitsein von gespensterhaften Tücken; in die Sehnsucht fälle Ich Mein Ziel, Glückseligkeit und Edelmut zu spenden. Allein Ich weiss, was deinem Seelensein Genüge tut im Bad der Formung und Befriedung. Mein Rad ist deines Fortgangs Stütze und Garant und weitet deiner Wege Ausgang ins Unendliche, zu dem du endlich wiederkehrst nach langgedehntem Dich-Bewähren.

Was dir immer zukommt, ist von Mir. Seidenweiche Zartheit kann Ich dir gewähren ebenso wie Frostigkeit in bangen, langen Nächten, die dich prüfen im geduldigen Vorwärtsgehn. Was du früher dir erlaubt, ist jetzt zu zahlen; wo du dich verteiltest, wende Ich's zu deinem

Wohl, denn auf das Eine nur will Ich dich stossen. Seinsgalant und pfeilgeschwind Bin Ich in deinen Gauen, mögen Mauern noch so mächtig sie umstehn, Liebevoll ermahn Ich, was du dir bedeutest, es zu Meinen Gunsten umzudrehn und voll Begeisterung allein Mein Lied zu singen im bewussten Weltenchor. Noch ist soviel Trutz und Zagen; doch Meiner Langmut Länge ist der deinen weit voraus und lässt sich nicht ins Ungemute biegen.

Wache, sei und sende deiner Güte Strahl in dein Umgeben, dass die Deinen wohlgelaunt wie du und heiteren Gemüts in Meiner Mitte stehn.

5.6

Der Seinsergriffne greift mit Vehemenz und Einfallsreichtum nach des Himmels Sternen. Keine Bahn ist ihm zu weit, kein Zeitmass ihm zu gross, als dass er sie in sein Bedenken fasste und sein Empfinden ihnen Glanz und Herrlichkeit verlieh. Dass Ich in allem Bin, darf er sich sagen, macht die Dinge und Mich selber seinsbedeutend und erhaben; dass Meinem Fluss der Fluss des Weltgebarens innewohnt, erhebt Mein Wirken in die Wirklichkeit der Sphären. Wo Ich geh und steh, versieht Mich das Unendliche mit Kraft aus Seinen Röhren; wo Mein Wille walten will, erfüllt sich willentlich des Seins Gebot in wohlerwogenen Zügen. Die Machart der Gewebe Meines Mich-Verbreitens ist geprägt vom allgemeinen Sich-Verbreiten eines Weltgeschehns, das aus Gedankenträchtigkeit und Phantasie erblüht und alles Dagewesne leichthin und gewaltig überbietet. So erweist sich immer als bekömmlich, was da kommt in Saus und Braus, in Säuseln und Verzärteln und in jeder brüsken oder langgedehnten Wende in des Lebens Stil.

Wacker ist in jedem Fall, was sich die Wackeren zum Ziel erkoren; Schärfe schärft die Scharfen, und den Nimbus des Gerechtseins flechten sich die Seinsgerechten feierlich ums Haupt mit stillender Gebärde. Was auch sei, ist immerdar in Mir getan, zum Nutzen oder Schaden der Gemeinde, wie des Einzelnen, der sich als Sonderling erweist, wenn er nicht weiss, sich in den Teichen Meiner Gunst geflissentlich zu baden. Es ist bekannt, dass jeder seines eignen Wegs Bereiter ist in

Seinsäonen und dass er Höhen sich erringt und Gruben schaufelt in gekonnter oder gottvergessner Akribie und ohne sich zu schämen. Grämen wird er sich ob jeder unbedachten Tat und wird sich so des Denkens mehr befleissen und Bewusstsein annektieren und versöhnendes Gefühl. Das macht, dass Würde sich verbreitet und Gedeihen mählich und zum weiten Strom wird allgemeinen Menschenwohls.

5.7
Hier gelassen, hier verlassen
fühlen sich die vielen noch
und sie können es nicht fassen
dass sie in der Tage Joch

Innig frei sind im Gebaren
und zugleich im besten Sinn
Seinsverbundenheit bewahren
im erhabenen 'Ich Bin"

Götterwirken ist ihr Treiben
in des Mensehenseins Beginn
und ihr lebelanges Bleiben
ist des Seiens Hochgewinn

Das sich in sich selber stählet
im Bewusstsein weiser Kür
und den Menschenweg erwählet
evolutionenlang dafür

So kann nur das Eine gelten:
dass sich alles still vermählt
in der Vielgestalt der Welten
die ein Gott sich auserwählt

5.8
Hilfreich und gediegen Bin Ich jedem, der Mich anruft im markanten Wettbewerb der Wesen. Meine Schaukraft reicht durchs Alfabet der Orte, die von Mir Bestand gewonnen haben und begleicht die Schuldigkeit, die Ich

Mir auferlege. Wie die Sonne walt Ich über Gut- und Bösem, doch das Unbedarfte will sich nicht in Meinem Wohllaut sehn. Grandioses lebt und webt in Tücken, die, vom Kleinlichen genährt, enormen Stress verbreiten; doch das Wesentliche lässt sich nimmer aus den Angeln heben. Wie gekonnt ist doch, was Meine Drangsal auf den Schild der Gegenwart erhoben; wie geschäftig Bin Ich, wenn es darum geht, der Seinsbewusstheit Weg und Stege zu bereiten. Wahre Wachheit kann nur Ich verehren den Gekrönten Meiner Strategie, Mich fortzusetzen ins Erhabene und Absolute sonder Zagen. Was euch prägt, ist unbedingt Mein Prägen; was euch freimacht, Meines Freiseins Schöpferzier. Nur die Unken mögen dort ein Veto rufen, wo Getreue nicht den Schimmer einer Unlust sehn. Viele Graben sind noch auszuheben, bis Mein Reich gefestigt und in sich bewahrt vor jedem Auge steht, das sich das Schauen zum Gebot erhoben.

Lächeln kann nur der von Mir Gestillte, wo die Seelenhungrigen betrübt am Irrweg stille stehn. Doch allsobald beginnt ihr Suchen nach Beständigkeit im Wohl, denn Trübsinn kann nicht vor sich selber Gnade finden. Achten sollst du wie das Kätzchen auf dem Feld auf das geringste Regen Meiner Guthand, um die Gaben zu erhaschen, die Ich spende Zug um Zug. Flehen sollst du vor der Morgenröte nach dem Einmaleins der weisenden Vernunft, die Ich verströme, denn Meine Lichter sind im Nächtigen besonders strahlend anzusehn.

Nun denn, Ich warne nicht und lasse jederman nachseinen eigenen Manieren fürbass gehn. Nur tappt er in Gesetze, die sich aus sich selbst erhoben haben und muss lernen, ihren Sinn zu kennen und befolgen, bis er als Vollendeter an Meinem Ufer anlegt nach vollbrachter Fahrt im Reich der Unerschöpflichkeiten.

5.9

Schwerelos ruh Ich im Schweren eines Übergangs zu neuen Höhn. Die Segel sind zu raffen, wenn der Sturmwind wütet; die Truppen müssen schwindelfrei den schmalen Grat durchmessen. Ich aber Bin schon Ruh und Ankunft in den Meinen, währenddem sie noch durchs Rauhe gehn. Mein Werk ist schon getan, derweil die

Zeitgebundnen schuften und sich kopfvoran in Krisen stürzen, ohne noch ein Ende der Verhängnis abzusehn. Wie ist doch ihres Blickes Schaukraft von der Meinigen verschieden, wie oberflächlich gleitet ihres Schauens Silberstrahl dahin, derweil dem Meinen alles transparent ist in den höchsten Graden. So muss Meinung denn auf Meinung stossen, bis die Blicke aller sich im einen, reinen, seinserhobenen gefunden haben, dem das Wahre sich behutsam offenbart, um ihn damit in einen Taumel von Glückseligkeit zu stürzen.

Das Unbekannte hat die Massen immer fasziniert und hat ihr Spekulieren angeregt zu wilden Phantasien. Das macht, dass sie den Grund verlieren und Geschäftige im Trüben fischen einer irren Prophetie. Wie ist Erkennen dann berückend schön und heilsam und gediegen. Denn, was erkannt ist, kann dir keiner nehmen; die Gewissheit über dein Befinden kann allein aus deiner eigenen Potenz erspriessen. Sagenhaftes sagt sich lautlos innen an und hellt und heitert auf, was vordem düster schien von Tag zu Lebenstagen.

Weilen darf der Wandernde in Mir, derweil er noch die Füsse setzt auf spitze Kiesel in des Weiterschreitens Akribie, denn wirklich ist er schon daheim im Guten Meines Allumfangens, wo auch immer seines Wesens Wirkkraft sich vertut. Meiner Ordnung Süsse ist in jedes Herz geschrieben, nur, dass sie abgelesen wird, wie man die Trauben pflückt im Herbst der Fülle und Erfüllung Meiner überragenden Verheissung in der Weltenkür.

5.10

Was fängst du an, wenn du dir keine Grillen mehr zu fangen dich bemüssigt fühlst? Du schaffst dir neue, farbenprächtigere, glänzendere, wie gepanzert mit Chitin. Die Dynamik deines Eigenlebens überrollt dich, bis du dir gewahr wirst eines grösseren Rollens, das in dir und allen sich erfüllt als Wirkung eines grandiosen Planens. Erklärt sich dies, so grollst du nicht mehr deinem Dich-Verrollen und du setzest deinen Massstab anders, höher an. Hast du dir ein Fingerknöchelchen gebrochen, weisst du, dass es sich im Allerhöchsten bricht, in dir, und kannst es damit gut und würdevoll ertragen. Freust du dich, freut sich ein

Göttliches in deinen Gründen und erzählt dir von der Seligkeit, die es beseelt in stetem, zartem Sich-Vergluten. Der Drang der Mächte nach herzinnigem Vergeben ist bezaubernd schön und tröstet dich in deinem Weitergehn. So wirken denn die Götter in den Welten unfehlbar und trauen und vertrauen denen, die sie als Gesandte und Verwandte ihres Stürmens, Gleitens, Leitens auserwählt. Betrachte liebevoll dein Werk, so wie die Liebevollen es betrachten, die gestillt zu deinen Häupten stehn und dich beflügeln in der Weise der Begeisterung, die jeder Anfang in sich trägt und jedes stahlende Vollenden.

Ist das lange Einen-Weg-Beschreiten auch beschwerlich und bemühend und von Unlust und Verzagen oft versucht, so sind die Schmerzen rasch vergessen, wenn das Ziel Erfüllung bringt und sagenhaftes Mit-dem-Jubel-sich-Vereinen.

Die Geschicke aller Wesen sind wahrhaftig mit dem Seinsgeschick verbunden, das in allem waltet und das All in allem führt und festigt und der feinsten Gliederschaft bedarf, so wie in allen, auch in dir. Das macht, dass jede kleinste Regung deiner Wissenschaft sich ungesäumt ins Kosmische verbreitet und das abergrosse Mosaik des Werdens um ein Seinsnuancchen weiterspinnt im ewigen Jetzt und Hier. Sei froh darob und führe, was du bist und bastelst zur Gediegenheit empor, denn alles, was die guten Geister in dir wollen, hat ein makelloses Ziel.

Genüge dir, so wie die Götter sich genügen und verbreite Lebenslust und Würde in des Seins erwartungsvollem Saal. Sei stark und gütig, heiter und behutsam immerzu im Wandel, wie im seelenseligen In-dir-Beruhn.

5.11

Mag einer noch so bitten Trank genossen haben, eine seltsam linde Woge Hoffens stellt ihn wieder her und lässt sein Weltbild rosiger erscheinen. Unbekanntes wirkt an ihm in feingefühlten Zügen und erweckt im Auf und Ab von Lust und Unlust seines Seinsempfindens Melodie. Wieviel mag er selber dazu tragen, frägt sich das Gewissen, und muss "letztlich alles" hier bemerken, in des Seinserkennens Stil. Erklären kann sich das

Soviele, das in jedem Menschen gärt, nur aus der Herkunft seiner Seele aus urfernen Zeiten, die sie, im Erleben, prägten zu dem, was sie heute ist und sein will in bedeutender Manier. Was sie wirkte, wirkt im Individuellen wie im Kosmischen, für immer nach und ist das Schicksalhafte, das sie trifft aus Innigkeit und Aussenwelt in mannigfachen Gaben.

Was dir nottut ist, zu lernen wie der Dinge Lauf zum Guten und zum Besseren gewendet werden kann im einzelnen, wie im gesamten einer Myriadenwelt von Wesen, die sich selber noch so wenig kennen im Erforschen ihrer Seinsstruktur. Tiefes und vertiefendes Besinnen reift die Früchte des Erkennens mählich zur Gediegenheit hinan und befähigt jeden Wollenden, sein Bild im Lichte der Verklärung als ein ganz gewaltiges zu sehn, das mit dem Spruch einhergeht: Fuss in Ungewittern, Haupt im Sonnenstrahl. So erklärt sich auch das Kosmologische, das allem innewohnt und das die Sehnsucht wachruft nach dem Aberräumlichen, in das die Seele sich verströmen will und auch verströmt in Bangen und Behagen.

Was sie fördert, ist ein Pol in Weiten, ist das rettende "Ich Bin", dem sie wie keinem trauen kann und das sie durch die Zeiten und Begebenheiten führt mit eherner Geschicklichkeit, mit Glanz und Glorie und unterm Siegel des urewigen Verweilens in dezenter Seelenruh.

5.12

Eine Fährte leg Ich dir zu dem, was du nach deiner Sendung tun sollst in geringen und gewaltigen Bezügen. Jedes Wesen hat den Auftrag, seinem Sinngehalt gemäss zu wirken in veränderlicher Art und Weise, doch immer mit dem Ziel, dem Höchsten sich zu nahn. Nun gibt es nichts, was höher ist, als das "Ich Bin', das sich im Selbsterkennen äussert und dem Menschenwesen Festigkeit und Schutz verleiht in Stunden der Bedrängnis und der Wehmut des Verzagens. In sich selber sich zu finden, deutet eine Wende an zum Sichersein im sichern Hafen der besänftigenden Ruh. Die Wellen der Holdseligkeit umspielen das Gemüt des vielgewandten Fahrers auf bewegter See. Das Lichte spiegelt sich ihm tänzerisch entgegen und beglückt sein Seelensein in warmen, vollen Zügen. Gross ist die Ernte, die dem liebesstarken Herzen zufällt, wenn es sich nächtig zur Geduld ermannt und Tag für Tag in Pflichtgefühl und Strenge seinen rauhen Weg beschreitet in verwegnem Zielen. Nichts wird ihm erlassen, bis er seinen Sieg in eigner Kompetenz errungen und die Fahnen des Begeisterns ihn umwehn. Nun, da der Heldenhafte da ist, trachtet jeder, ihm im Fluge nah zu kommen, ihn im Berühren zu verehren und vergisst darob, sein eignen Schreitens Vehemenz zu überstehn. Doch will und wird ihm das Erreichte Ansporn sein für eigensinnige Taten.

Wer hofft, hofft nie vergebens auf das sonnverbrämte Glück, das ihn erwartet nach bestandner Prüfungselegie. Nur weiter sich entfalten ist das edelste Gebot in jeder Hütte, jedem funkelnden Palast, in denen sich das Leben lebenswert gestalten will und liebenswert und schön. Trag Sorge du zu dem, was dich von Mir durchflutet in geheimer Mission, wie im beharrlichen Bestreben, Unvergängliches in dir zur Meisterschaft zu ziehn. Das Tapfere entspricht dem Willen Meiner nie erlahmenden Gebärde des äonenlangen Welterbauens in gekonntem Götterstil.

5.13

Was du hellbewusst erlebst, ist von der Qualität des wahren Seins, in der die Göttersöhne leben. Dein eignes Her und Hin, wie das des Weltenwesens, sind dir, im Seinsverschmelzen, Züge einer Selbstheit, die im Abervielen doch sich selber nie verliert. Glückselig und erhaben über jeden Mangel fühlst du dich im Klaren deiner Schau von Redlichkeit und Güte. Gehorsam kennst du nur dir selber gegenüber, doch im Sinn der höchsten Reinheit der Gedanken und Gebärden deiner Wahl. Nichts liegt dir mehr am Herzen, als das Herz der Welt in Seligkeit und Friedefertigkeit zu sehn und in der Lage des Begreifens der Geschwisterschaft, in der sich alle Wesen finden; denn ihr Sein ist immer von demselben Einen eine Spur.

Nur Verblendung ist's, was dich dein wahres Bild nicht schauen lässt, vor dir. An hunderttausend Fäden bist du

Hin und Her gezogen und verpassest es zumeist, die Mitte einzuhalten in des Strebens Akribie. Das wird sich mählich ändern in der Minne, die du deiner Seelenwachheit Schritt um Schritt entgegenbringst, um endlich dich mit ihr aufs beste zu vermählen. Dann bist du fähig, dich mit Augen reifer Menschlichkeit durchs Leben zu bewegen und das Schicksal aller herzensgut in deinem eigenen zu tragen. Aller Nöte Not summiert sich dann zur Drangsal deines tiefgefassten Fühlens; aller Freuden Lieblichkeit durchsonnt dich, wie der makellose Sommermittagsstrahl.

Bewussterweis wirst du die Eigensinnigkeit in dir ertöten und nur dem Allgemeinen, Götterherrlichen noch deine Gunst erweisen, indem du seiner Günste dich bedienst, um labend, heilend, fördernd und beglückend deinen Weg mit aller Wesen Weg zu teilen.

Deine Mitte ist unendlich gross. Und deine Grösse ist der Mittelpunkt von Welt und Weltenwesen in der Einheit seinsbeseligenden Tauschens.

5.14

Was hab Ich weiter Mir zu sagen, als dass die Fahnen auf Erfüllung stehn im Seinsgemisch der Arten, die Ich Mir zum Fortschritt auserwählt. Dazu gehört, dass Meine Kräfte wesensbildend sind im Sinn des Métier-Erschaffens, als da war, dass die Substanz, von der Ich zehre unerschöpflich ist in ewiger Fülle dargeboten. Wer könnte da dem Lockruf widerstehn, aus Schöpferkraft Gediegenheit entstehn zu lassen in der Vielfalt schierer Lebenslustigkeit im Grünen der Natur, in Menschenknäueln, wie im Seinsentfalten ihrer wachsenden Struktur.

Ich hab Mich aus Mir selber angeboten, Grossmut und Verzeihen in die Kinderstube der Erwachenden zu legen, weil sie noch nicht wissen, was sie an der Wahrheit tun, indem sie sie verbiegen. Schön ist nicht im letzten schön, wenn Schönheit sich verklemmt in einer glänzenden Fassade. Was Ich will, ist Lauterkeit aus Herzensgrund und Weihe an Mein Wort, das Ich ein jedem aus dem Innersten besage. Nur Treue teuft die Dinge ins wahrhaftige Weben, das Ausgang nimmt von Mir und in Mir endet, ohne jede Dissonanz in einem langgezognen Wohllaut von ergreifender Manier.

Spinnefeind Bin Ich der Tücke, die so spricht und anders handelt, um sich Vorteil zu verschaffen im Besudeln Meiner Strategie. Was nützt die Zeit, die einer sich im Krebsgang arrangiert? Von grösserm Nutzen wär es still zu stehn, doch nützt nur majestät'sches Meinen-Weg-Beschreiten in der Lebenskür.

Mit Meinem Herzblut hab Ich die Gerechten immer schon genährt und habe ihnen goldne Tips gegeben für Erfolg in Meinen Sphären. Wärme strömt in Meiner Glieder Gliedsystem zu zärtlichem Bewegen, dass die Anmut Freudenfeste feiert und Beseligung der Ton ist in der seinserfüllten Harmonie.

5.15

Was man hat, das hat man - nicht, will Ich hier sagen. Wir sind ins Zeitliche aus einer grandiosen transzendenten Welt gekomen und treten unbescholten unser Erbe an. Doch dies gehört uns wirklich nicht. Auch, was wir uns im Leben so an Gütern zu erwerben scheinen, können wir dem Körperlichen, das wir sind, nicht einverleiben, so dass wir sie gar bald verlassen müssen, wenn wir wieder von der Szene gehn. Dass etwas uns gehört ist, spirituell gesehn, ein Unding, eine Illusion, auf die wir bei Gelegenheit mit Vehemenz zu pochen uns erkühnen. Nur Verschenken macht die Dinge schön; denn die Gesinnung tätiger Freundlichkeit bleibt uns im Innersten erhalten und begleitet uns von Inkarnation zu Inkarnation
Alles als Geschenk des Himmels zu betrachten, was wir haben, ist ein kluger Zug, ein Schachzug gegen die Besitzgier, der wir noch in viel zu vieler Weise huldigen.

Im Wahren sind wir uns gewaltiger Kräfte voll bewusst, die wir zu lenken und zu schöpferischen Zwecken zu verwenden haben. Das ist der Reichtum, der uns in der Ich-Welt zugehört und der auch aller Wesen Born ist zu energischem Verfügen. Packt an, packt an, ist hier zu rufen und vermehrt das wohlgestaltete Erblühn im kosmischen Gefüge. Eine Spur von Schönheit soll sich hinter euch durchs Dasein ziehn, die Kinder einer fairen Zukunft zu befeuern.

In den Taten legen wir die Absicht bloss, die uns bewegt und die zur Edelmütigkeit sich wandeln soll in täglicher Begierde, gut zu sein in immer feinerem Begründen. Was wir an Charaktergold erworben haben, bleibt Besitz im Sinn der Qualität, die sich das Sein erringt in hoch und höheren Graden. Seinsverlassenheit ist Abfall ins banale Goldkalbtänzerische, aus dem gar viel an Unrecht, Zug um Gegenzug entsteht, bis wahre Einsicht uns die Bande der Verlockung lockert und die Freiheit fahren lässt in unser Treiben.

Den Stimmen, die uns zum Erhabnen führen, dürfen wir vertrauensvoll gehorsam sein, im hingegebnen Lauschen, Eine makellose Welt eröffnet sich im Stillen dem Geschöpf und führt es Stuf um Stufe zu herzinnigem Begreifen.

5.16

Nach Gestaltung rufen Tag und Stunde; neue Formung will sich aus Gegebenheit und Nichts erheben, um den Reigen fortzusetzen einer seinsillustren Tradition. Farbentupfer aufs Äonenblatt verteilen will der Wille Meiner wuchtigen Strategie, die Wachsamkeit zu fördern, wie die Freude an Mir selbst im Zug des Seinserfahrens.

Gladiatorenkämpfe sind noch nicht veraltet, wenn Ich Meinen Mir beseh um tunliches Vollenden dessen, was Ich aufs Tapet gebracht, im Tapezieren. Ach, wieviles scheitert an der mangelnden Geduld, das frisch und fromm Begonnene dem guten Ende zuzuführen. Mangel an Bewusstheit lässt gerissne Ambitionen wieder aus dem Weltensein verschwinden. So wunders niemand, wenn die grossen Werke Wunden schlagen ins entfesselte Gewalten eines Wesens, das da will und will Vollendung ins Beginnen tragen. Seinsdynanaik lässt nicht Spässe mit sich treiben, wie die Wirbelwinde, wenn sie stürmen, keinen Spass verstehn.

Was Ich bilde ist von Jugendfrische ein Idol und was Ich Meiner eignen Schwungkraft vor die Füsse lege, sprüht von Feuern des Begeisterns obenhin. Denn wissendes Gestalten weicht nicht einen Zoll vom Ideal, dem es entsprungen und erscheint den Narren als ein Wunder, dem sie fortgesetzt Bewunderung entgegenbringen. Wahre Würde wächst aus dem Verschmelzen eines grossen Willens mit der Phantasie des vorwärtsstürmenden Titans. Richtungweisend wird das sein, was ihn im Sturm bewegt und was in Sausen, Brausen, Heulen und Mit-Schwung-Beleben wirkt im Seinsgefüge.

Dann erst darf Ich wieder, wie im Auslauf blanker Kuven, Meine Ziele setzen ins Beruhn, darf nach durchgestandnen Nöten Mich dem Wonnesein ergeben in den Hallen Meines Blinkens, wie im seinselysischen Erwidern, das Mich mit besonnener Zärtlichkeit umspielt.

5.17
Hast du den Mut zu Mir zu stehn, so bändigst du die Wut der Kontrahenten, die sich ihren Eigensinn zunutze machen wollen. Fassest du ins Auge das Gefälle zwischen Mir und ihrem räuberischen Tun, so musst du tief nach unten blicken, um ihr Treiben noch zu sehn. Bist du ganz in Meiner Mächtigkeit geborgen, so verschwindet ihre offenbar, wie Schatten vor dem Licht verschwinden und so werden alle Weltbezüge wunderbar der Seinsnatürlichkeit anheimgegeben.

Obhut soll dich ungesäumt zur Tat geleiten, wenn du sie von Mir erlangt und wenn sie dir für andre anempfohlen, denn mächtig bist auch du in Meinem Machtvoll-Dich-Bedrängen. Sophistereien lass nicht zu in deinem Wortgestalten, weil sich alles Hochgestochne rächt am eignen Blut und Widersinn zu Widersinn sich gern gesellt im Rausch der Widersinnigkeiten. Was Ich will ist, Sophia in Reinkultur verbreiten, wie im Strahlenlichte, das die Welten mit Entzücken sehn und sich in Wonne einverleiben. Gleich zu gleich will Ich mit dir verkehren in der Ebenbürtigkeit des Seinsgebarens und will Freudentänze deiner Innheit vor Mich treiben.

Was sich wandelt, wird sich ungesäumt zum Lichte wenden, sag Ich an, denn Wandlung bringt Erkennen in die gute Stube Meiner Seinsgetreuen. Ich walte, wo sie waltend ihrem Pflichtenkreis obliegen und vermehre ihres Könnens Kapital, indem Ich es mit Seinsgeschicklichkeiten kombiniere. Die Braven lass Ich lieb am Wege stehn und weihe Mich den Andersgläubigen im Teich der

Gläubigkeit, der allzuviele lockt zum leichten, seichten Sich-Verbaden. Nur die Tiefe kann den Tiefen noch zum Heil gereichen; Starkmut treibt die Nägel in die Sparren und Bestimmtheit trimmt den Sinn auf was Ich ihm bereite in des Plänekochens Akribie.

Gesunde tragen leicht an ihrem Bündel und versüssen sich die Lust am Wandern alleweil mit Liedchenpfeifen und mit losen Spässen im Befreiten Über-sich-Verfügen. Mach es ihnen doch voll Eifer nach und zweifle nicht daran, dass Ich dein Wesensbild behütend in Mir trage.

5.18

Nichts und wieder nichts behindert Mich in Meinem Mich-Verblauen. Keine Frage, nur Gelöstheit breitet sich in wunderbaren Kreisen vor Mich hin und lässt die Seele mit sich selber Freuden tanzen. Was ist genehm, wenn nicht das Sein in reiner Stärke des Empfindens; was trägt ein Wesen flügelleicht voran, wenn es nicht Seinsluft schnuppert in dezentem Wohlbehagen. Immer sind dem Hingegebenen die Gottessterne nah und sein Gewissen nährt sich wohlgelaunt von ihrem Blinken. Was denn im Stofflichen so flüchtig scheint, ist uns im Lichterscheinen ein Entgegenkommen von bewundernswerter Grazie, die uns voll Zärtlichkeit den Sinn für's Geistige erschliesst, in dem wir *sind* und weben. Bewusstheit tut uns ja vor allem not in unserer Manie, von Gegenstand zu Gegenstand zu hüpfen im betrachtenden Gebet, wie in des Alltags allverlockendem Verspielen. Das Binden der Gedanken an das Eine bringt Verklärung und befördert unser Schreiten in ein Seinsgefühl von sagenhafter Dichte und Gelassenheit im seligen Beschauen.

Freude macht das Leben gross. Grandios ist's, wenn die Wege zielen auf ein ewiges Befrieden der bewegten Seelentiefen in der Weise tiefgefasster Harmonie. Ebenmass im Zeitlichen folgt aus unendlichem Entzücken und die Wonnen der Unendlichkeit erwachsen aus dem Equilibrium im Schoss des Da-Seins wunderbar. Das Heute ist dem Morgen und dem Immer und dem Jetzt in Meinem Sinnen aufs entschiedenste verbunden; Bedingung knüpft sich an Bedingung und Erfüllung senkt sich aus der Fülle zur galanten Wesensherzlichkeit im Trauen.

Blut von Meinem Blut und Gütigkeit von Meiner Güte will Ich freilich dir vergeben, um des Aufstiegs willen, der in allem sich bekundet und im A und 0 des Staunens in der Zeit der Ernte sein Vollenden intoniert.

5.19

Was es auch sei, in Mir wird sich das Widersprüchliche auf wunderbare Weise lösen. Scheint das Verhängnis wie ein undurchdringlich Netzwerk über dir zu schweben, so schick Ich dir Gedankenreihenfolgen, die mit deinen und mit deiner Herzensinbrunst alles Bindende zerreissen, dass du dich in die Freie Meiner Seinskultur erhoben siehst im Handumdrehn. Deinen Seelenzustand zu verändern bist du da und Bin Ich dir ein würdiger Gespan. Es heisst, dass sich die Göttlichen auf Gegenseitigkeit mit Heiterkeit versehn. Tu's ihnen nach und sei in jeder Phase deines Wirkens ihres Lächelns zartgefärbtes Widerspiel.

Es mag dich trösten, dass noch nie ein Meister unversehns vom Himmel fiel. So ist dir Gelegenheit zum Üben haufenweis mit auf den Weg gegeben, zusammen mit der Hilfe, die Ich dir gewähr und damit Meinem Sein im Ewig-Guten. Banglos und bescheiden sollst du durch die Tale schreiten zu den Höhen Meiner rangverkündenden Manier. Du selber schüttest, was du bist, in deiner Hände Gral; du weisest deiner Weise Glückerfüllen und Bedeuten zu im unnachahmlichen Verheissen, das Ich in die Himmel deines Sehnens leg.

Erwählst du Mich, hast du dich selbst der Grösse anbefohlen und brauchst dich nicht mehr, einer Schlange gleich, im Staub des Nebensächlichen zu winden. In deinem Aufrecht-Stehn kann Ich nun ungesäumt zur Sache schreiten und dir Meiner Dinge Überfluss von Augenblick zu Augenblick ins Seinsgewissen tragen. Brachland wird so in der Tat im Nu berückend schön und schmückt sich, wie das Weizenfeld sich schmückt, mit rosenroten Mohnen.

Ich sammle, was sich traut um Mich versammelt wie der gute Hirt im wundersamen Herdenspiel. Gerechte will Ich die benennen, die sich Mir gerechterweise nahn und ihres Sinnens Sinn ins Buch der Weisheit tragen. Einheit im Vereintsein darf ein jeder spüren, der sich ganz in Meiner Mitte Huld begeben, zur Beseligung offenbar.

5.20

Ein scheues Kätzchen stellt Mich dar so gut wie jeder rücksichtslose Bube in der Pfalz der tausend Möglichkeiten. Warmes, kostbar buntes Leben strömt durch beider Blut und bindet sie an Mein Bescheren. Hat das eine sich der Furcht dahingegeben, so bedient der andre sich der Unverschämtheit gradewegs in Mir und muss von Meiner Seinsgesetzlichkeit erfahren, dass sich Frechsein nimmer lohnt im Wunderbaren. Weisheit hält, was sie verspricht und führt die Treuen wie die Toren mählich sanft und sicher in Mein Tor, das ist von Röslein reiner Liebeszartheit liebevoll umwunden. Alles Irrende verseh Ich durch den Tränenschleier mit dem Schimmer Meiner Lichtheit und bedeute ihm im Sehnen das Beseligende, das in Meiner Unberührtheit liegt und Meinen Glanz begründet in erhabner Majestät. Sie zu erreichen reck Ich Mich in jedes Wesens Willensakt in seinem noch und noch mäanderhaften Treiben.

Spürst du, wie das Leise dir mit unhörbarer Donnerstimme Weisung gibt, Unendlichem entgegen? Hast du je bedacht, was das Verrichten wahrer Nützlichkeit für Besserungen in den Ablauf deines Handelns bringen würde. Nützlich ist am Ende nur, was deine Schritte näher führt zu Meinem Ziel, das Liebe ist, Gelassenheit, Befrieden, Freiheit und unendliches Beseligen in jeder Weise des Erblühns.

Ein jeder Strom ergiesst sich in den Ozean. Dein Herzblut will sich nur in Mich ergiessen und kennt weder Rast noch Ruh, bis sich in der Tat erfüllt sein heimlichstes Begehren. Wunden schlagen, Wunden heilen, dürsten, Wasser ziehen, rasen, ruhen und die Sanftmut finden nach dem rauhen Stil sind Attribute Meines Operierens in gewaltiger Verspieltheit, wie im allbewussten Meine-Niedertracht-Durchschauen und Michselbst-im-Innersten-Verstehn.

5.21

Leben kann nur Ich im Sinn der Seinsbeständigkeit und ohne Tücken, weil das Zeitliche sich selber aufhebt im beständigen Kommen und Vergehn. Die rasenden Sekunden schmelzen allsogleich dahin, wenn wir sie zu erhaschen suchen. Nur der Augenblick entspricht dem ewigen Gewärtig-Sein, das Ich begründe und vertrauensvoll in deine Hände leg. Was hast du mit ihm angefangen, frag Ich dich und frage dich, was hast du ohne langes Hin- und Herberaten meisterlich vollbracht? Das Zaudern ist der Anfang der Vergänglichkeit, der Tod ihr Ende und das Auferstehn Bin Ich im Zeitenlosen. Hast du dies begriffen bist auch du an einer sagenhaften Wende zum Erhabenen, Glückseligen in deines Seins Wahrspruch, in Mir schwimmend, ohne Fährde jemals unter Mich zu gehn.

Macht ist keine, wenn sie nicht in Mir geschieht, Drangsal die Gelegenheit, Mich zu beweisen in der Grazie des Geduldens und der Seinspräsenz, die Ich den Duldern ins Gewissen lege.

Jede Krume der Erkenntnis ist von Meiner Innigkeit ein Strahl; jeder Aufbruch eine Gnade, die zu Meinen Weiten führt ins Ewig-Wunderbare, das Ich Bin in dir. Sei getrost in Meiner tröstenden Gebärde, wenn du immer auf dem Weg dich siehst in Meine Gründe, weil Ich eben grundlos Bin und keiner Grenzen fähig des Verstrickens und Behauptens und Verhüllens und Vergehns.

Ich Bin in allem, was sich je aus Mir erhob und Bin es noch, wenn es Mir wieder zugefallen in der Einheit seligmachender Manier.

5.22

Was Ich Mir bewahre ist bewahrt in aller Zeiten Schoss; was Meines Willens Kraft zum Ausbruch sich erwählt, kann keines Mächtigen Macht im Siegeslauf behindern. Wonne ist in Meinem Herzblut, Wirksamkeit in Meinem Tun von höchster Eleganz im Weg-Betanzen.

Landmann, halt Ich Meine Sichel stets erhoben, Ernte einzubringen in der Sonne Strahl; Zuversichtlicher, beginn Ich aus den Nächten Meinen Glanz herauszuschälen und gewinne Achtung vor Mir selber in der

Weise des Gewinnens, Plan um Plan.

  Beinhart steh Ich auf den Fersen Meiner Seinslust und verseh die Felder Meines Wirkens mit der Würze Meiner phantasiebegabten Prophetie. Was aus Begabung Mir entspriesst, taugt als ein Wunderwerk vor aller Augen und behauptet sich in seiner Würde und dezenten Schöne wie die Venusbilder in der bildenden Bravour. Nicht von hier scheint ihrer Anmut Schmelz zu kommen; höh'rer Ordnung Wirksamkeit enthüllt sich ohne Scham in der berückend reinen Grazie ihres Wesens und bezaubert die Bewunderer, die im Erwarten ihrer Zauberhaftigkeit vor ihnen Schlange stehn.

  Ein Muss ist die Beschäftigung mit den Musen, weil sie dich in wachen Taumel setzen einer Kunde ungesäumt von Mir. An ihrem Munde darfst du Mich befragen nach dem Unerhörten, das sich hinter allem Scheinenden verbirgt und das Ich Bin zu deinen ehrenwerten Diensten. Fass und fass es sogleich an in deinem Drang zu leisten und zu überstehn. Tauglich sei in Meinem Taugen und verträumt in Meiner Träume wundervollem Mich-Versehnen.

5.23

Im Welten-Ich geborgen treten alle Wesen aus sich selbst hervor als Hüter ihrer Seinsgebärden. Magisch ziehn sie allerbeste Kräfte ins Vertrauen und bewegen, im Sich-selbst-Bewegen-Lassen ihre Welt zur Güte und zum Klang der Schönheit in berückender Manie. Königlich ist ihres Seiens Los, fürstlich ihr Gehaben und Gehorsam ihre Losung im gereinigten Prozess des Wegerfmdens.

  Scheinbar wahllos greifen sie aus vielen Möglichkeiten eine aus der wartenden Präsenz und wecken sie zum Leben in der Weltenwirklichkeit, in der sie stehn. Doch der Zu-Fall, dem sie Referenz erweisen, fügt in wundersamer Weise Glitzerstein zu -steinchen in dem grandiosen Mosaik, das sich die Göttlichen geschickter-weis zu Füssen legen. Im Bade des Begreifens werden so die Dinge des Geschehns zu Himmelstaten und der Wackere wird zum Herold einer neuen Art, dem Dasein auf den Grund zu gehn.

Beschaulich wirkt, was im Beschauen sich zur Gegenwart erhebt, befriedend, was die guten Geister um dich scharen. Transparenz entsteht, wo Treue herrscht im Seinsbetrieb und sich im Hin und Wider die Gedankenfolgen zur Gewissheit stilisieren, dass da Ist, was immer kommen mag und dass die Einheit aller Wesen in dem Einen sich erwägt im kosmischen Gefüge.

Wozu dient das Flehen einer Bitthand, wenn nicht zur Bereinigung des Sehnens aller Welten nach Erfüllung im Verstehn der Seinszusammenhänge. Wieviel Herzblut wird vergossen, bis die Kunde von der einen Quelle seines Rauschens allen ins Gewissen strahlt und ihrem Handeln Form und Inhalt spendet von Erhabenheit und wundervoller Zier. Getröstete sind immer auch als Tröster zu gebrauchen in der Seins-Gemeinde, die Ich, glänzenden Befehls an Meinen Leinen halte. Tragende sind sie des unermesslichen Gewölbes der Vernunft im Blauen und Verheissende der Zeit, wo alles sich zum Guten findet in der Güte der Allherrlichkeit. Bewahrer und Befahrer feiern sie die Abkunft ihres Wesens im Vollenden ihres Flutens eins zu eins in Meiner Harmonie und tragen sich mit segnender Gebärde unaufhörlich ein ins Buch der Weisheit in beseligendem Seinsberühren.

5.24

Herr sein kann nur Ich in Meinem Mich-Begründen und Begründet-in-die-Weite-Sehn. Wohlverstand fliesst vom Erhabnen ins Konkrete einer Wesenswelt von auferstehenden Gestalten, die Ich Mir zum Sinnbild auserkor. Güte öffnet ihr Empfinden für die Schönheit Meiner Kür und befruchtet liebevoll ihr Mitgefühl. Was Ich ihnen ins Gewissen lege, sind Zenite Meiner Schaukraft, die das Wesentliche als Gestalt, Gespür, Vernunft und Willen in die Aberräume prägen. Ich nur trag das Siegel des Erschaffens im Gesicht der tausend Variationen und verleih es gnadenvoll an Meine Weise, Mich im Niedern als das Höchste zu verstehn. Trunkenheit des Mich-Erkennens will Ich nennen, was im Einzelnen geschieht, wenn es Mich im Vertauen traut empfängt in seiner Seinsmagie.

Wahrhaftig tauch Ich in die vielen, die Ich zur Erbauung Mir erschuf und behüte und begüte sie in unermessnen Runden des gewinnenden Gebets, das Ich an sie verschwende im Gefühl. Dumpfheit ist entstanden, Wachheit wird erstehn, wo Meine Früchte reif den Garten der Gediegenheit verzieren. Wunder über Wunder blüht vor den Gestillten und befähigt sie, sich taufrisch zu sich selbst zu führen. Makellose sind sie Mir geworden in der Schar der Seinsverständigen und Wissenden vor Meinem lichterfüllten Thronen.

Verehrung, Lobgesang und Staunen weh Ich Mir im Allerhöchsten zu und weile, vor Mir selbst verstummend Mir zu Füssen, Ausbund wahrer Majestät. Seinsgerichtet ist Mein Schauen, Seinserfüllt, was Ich im Einen Mir zur Lust besage, raunenden Gedenkens.

Nun ist's gut. Gebannten Willens ruh Ich in des eignen Glücks Gemach und lasse Traum um Traum von Seligkeit und Wonne hellen Strahlenblicks an Mir vorüberrieseln.

6

Im Weltenzaubergarten

6.1

Ich kämpfe lächelnd um den Sieg, weil er Mir schon bezaubernd ins Gewissen strahlt. Mein Gang durch's Ungemach der Evolutionen ist ein grandios gelegtes Spiel von Kräften, die sich an sich selber messen und gemessnen Schreitens durch die Tore der Vollendung gehn.

Bereitest du dir Sorgen, sorge Ich Mich um dein Wohl; bist du voll Zuversicht, sind's Meine Flügel, die dich leichthin zu den Freudenquellen führen. Was immer du erschaffst, ist Meines Schaffens Strategie im Weltenzaubergarten, den Ich bildend, blühend und begeisternd um Mich leg. Ahnst du, dass die besten Kräfte von den Meinen zu dir strömen; richtest du dein sinnendes Gehör auf was Ich dir besage? Kunstvoll und gediegen wird auf jeden Fall dein Werk, wenn Meine Hände mit im Spiel sind, voll Dramatik und voll spielerischer Nonchalance, nach deinem Dich-im-Sein-Befinden.

Wähnst du dich im Frieden, warten Meine Diener dir in Friedenspose auf, dich zu erheitern und im innigsten Beglücken dich besänftigt und gestillt zu wissen. Trautheit ist in Meiner Gegenwart dein Los und das Vertrautsein mit den Dingen Meines Dich-Begabens löst dich von dir selber und macht deines Seins Wirklichkeiten gross. Gestehst du dir dein An-Mir-Hängen ein, so wird die Welle deines Lebens ungehemmt Mein Meer durchgleiten. Die Tage deines Hierseins wirst du spielerisch durchtanzen und gewissenhaft befolgen, was Ich an Regie dir gütlich angetan. Bereitschaft und Vertrauen ist vonnöten, wo das Unbekannte dich befruchten soll, um dich vom Weltgebinde zu befreien.

Traure nicht um Kleinkram den du lässest, um dafür das Ganze Meiner Billigkeit zu finden. Meine Wucht in deinem Bild zu sehn mag dir noch unerhört erscheinen, doch die Tage sind gezählt, bis du dich kennst in Meiner Einheit glänzendem Idol und weder wankst noch wütest im Empfinden Meiner Zartheit in des Lebens zärtlichsten Belangen.

6.2

Gesegnet bist du, kommend in des Herren Namen, gesegnet, der Ich Bin in dir, das Menschliche vom Weltsein zu erlösen. Tabernakel stillen Heils begreifst du dich als Vielgeliebter Meiner Seinsgewähr; als Findender erfindest du dich neu in Meinen hochgebenedeiten Graden. Deiner Daseinszyklen einer bringt dich wie im Sprunge meilenweit voran, wenn du dich unvermittelt in Mein Sein gebettet siehst in glückerfülltem Auferstehen von der Wirrsal deiner Zeit. Trunken bist du von der Fülle reinen Lichts, das von Mir ausgeht und dich schützend, heilend, liebevoll und zart besänftigend umhüllt in wunderbarem Einklang mit dem Seins-Natürlichen, das Ich dir weihevoll ins Herz geschrieben.

Komm nun gradewegs in Meiner Gründe wohlbereites Ziel und sei in seligem Vereinen Meiner Hoheit Würde, Meines Klarsinns Part und Meiner Herzensgüte Teilen. Gelöst, erlöst in seinsvollendetem Erfahren, weisst du dich in absolutem Sichersein für Zeit und Ewigkeiten und bejubelst deiner eignen Glorie Gewähr. Taufrisch und meisterhaft ist alles eingefügt in deines Wesenseins Begründen und jede Naht liegt schön geglättet deinem Auge vor, im Bild der Tugenden, die sich aufs schönste aneinanderreihen. Wohlverstand und Feinheit des Empfindens führen dich in Meinen Sphären schwebeleicht hinan und lassen dich im Gleiten Herzenswonnen spüren. Nur von Mir gesättigt, brichst du aus ins Psalmodieren und gewährst den Räumen der Unendlichkeit den Wohllaut einer langgedehnten Liebesmelodie. Die Zärtlichkeit an sich willst du besingen, das Niedersinken zur beseelten Ruh im Traumgemach des Sehnens und den Siegeszug der Freude, deren Klang dein Wesen in ein Wunderwerk des lächelnden Verweilens wandelt.

Im Sein ist jede sinnende Gebärde ein Dich-selbstVerschenken an die Lieblichkeit der Wesen, die voll Grazie dich umrunden. Strom in Strömen bist du eins mit ihrem innigsten Befinden und verklärst dich selbst, indem du ihres Schauens Klarheit mit dem deinigen vermählst.

6.3

Kein Hiesiger ist mehr vorhanden, wenn Ich Mir den Wohllaut reinen Seiens ins Gewissen moduliere. Die Gesetze des Bestehns sind auf den Kopf gestellt, und tot ist hier lebendig, Nacht ist Tag und Trauer um den Abgeschiedenen ist Freude des Empfangs in allerhobnen Sphären.

Beängstigt dich ein Ding, so steig ins Seinsbewusste und sei frei von jeglichem Gefährden; tritt dir einer auf den Fuss, so lächle ihm Verzeihen zu im überirdischen Bewahren deiner Seinskultur. Erhabensein macht aus den Tücken Güte des Beförderns in die Höh; Befreitsein freit das heitere Verweilen in beglückter Allegrie. Wer schickte Mir die Taubenflügel, dass Ich aufflog, wirst du sagen und Ruhe fand in Mir. Es ist des Seins Vergeben, das sich pausenlos vor Mir zurückzieht, um Mich in Mich selbst zu locken in der Tat. Befriedet sein heisst, seine Grösse finden überall, wo Sein ist in Geschwisterschaft und gläubigem Staunen. Seligen Gedenkens giesst sich jede Wallung ins Verebben; die Blamage hebt das Selbstgefühl und Seichtem wird in Mir die Tiefe unterschoben.

Alphabet des Hoffens will Ich nennen, was Mich weit und weiter führt ins Unvergleichliche Bewahren, Sturzbach, was Mich reisst in Räume reinen Wonneseins im Equilibrium der Fluten.

Neige du dich Meiner leichtgefassten Märchenwelt entgegen und betone, was in Tönen dich umflort, das Sein zu loben. Endlich ist dir alles gut in deinem Dich-Umrunden; Filigrane des Begeisterns blinken deinen Augen Farbigkeit entgegen und bescheren dir Genügsamkeit in kunstvoll hingelegten Wechseln. Wirkung stösst zu Wirkung und bereitet dir den Widerhall der Freudentränen im Gemüt, in deiner Weise Herbstzeitlosigkeit als Gnade des Verwandelns anzusehn.

6.4

Der Inhalt dessen, was Wir hier zu sagen haben, ist derselbe Tag und Jahr: Glückselige Gelöstheit, unvergängliches Bescheiden mit der Weise des Entzückens, das Uns hier beseelt und strahlende Bewusstseinsklare, der Wir allesamt obliegen. Nur die Form verliert sich ungesäumt im Variationenreichtum, über den Wir tatenfroh verfügen, derweil er schon im Formen uns beginnt zu leuchten und zu blühn. Wie der langgedehnte Silberflötenton spricht, was Wir sagen, deinen Seelenschimmer an und trachtet, ihn im Schmelz der Melodie zur Freude zu bewegen. Freude, nichts als Freude ist der Sang aus unsrer Herzensmitte, der das Seinsnatürliche von innen her berührt und es erwachen lässt zur Wonne des Sichselbst-Begreifens. Holde Seele du, sag an, erweisen dir die Geister der Beschaulichkeit nicht alles Lieb und Zarte in der Stille stillen Weilens, wenn .du dich bewusst in ihren Strahlenkreis erhebst? Erkennst du ihr berückendes Bedeuten in der Gegenwart des Lauschens, der du dich wie eine sanft gewordne Braut dahingegeben. Trag der Welt dies Unbeschreibliche im Lächeln deiner Liebenswürdigkeit entgegen, wenn du mütterlichen Blicks an ihr vorübergehst. Ein jedes Herz blüht auf im Hauch der Güte, der ihm vom Geschwisterschaftlichen entgegenströmt, im Seinsumfangen; jeder Bitte folgt das Wohl, wenn sie hervorging aus der Tiefe des Empfindens und sich scheu und andachttrunken ins Unendliche verwehte.

Heute bist du so und morgen hast du dies gelernt, in unnachamlicher Grandezza nur dem Höchsten zuzustreben. Den Geschmack dafür verleih Ich dir im Schoss der Einfalt, den Ich dir beschieden, um in dir und allem Glanz zu zeugen von der Art, die Ich Mir Bin in grossgeschriebner Weisheit, wie im Vollgefühl des Kraftens, im Erreichen des Zenits, wie in der Neige unerschöpflichen Befriedens.

6.5

In deinem kleinen, reinen, feinen Weltgefüge liegt ein grösseres verborgen, das Ich dir Bin als Handelnder und Wandelnder von wahrer Kompetenz im Wunderbaren. Woran liegt's, dass du mit solcher Mühe Mich erkundest in des Menschenwesens Stil? Weil dich dein Ego in dir selbst vermauert und dich stets umlauert, um sich selbst als Non-plus-Ultra deiner Wirklichkeit zu präsentieren. Das ist jung und wie ein Federbällchentänzchen zierlich schön, nur ist es nicht in Meinem Sinne zu gebrauchen.

Wachsen heisst, der Wirkkraft Meiner Kräfte inne werden, wie im All der Schöpfung, so in dir. Ihnen ganz vertrauen ist das wahre Bauen, dem sich alles einfügt von des Seinsbewusstseins Rang und Namen. Zögre nicht, dir dieser Weisheit Nutzen ins Gemüt zu schreiben und danach zu handeln als ein Grossgewordener in Meiner Kür. Es pflanzt sich fort und fort, was Ich dir leis besage und bereitet deinem Wesensumkreis Raum und Wohl, denn Meine Mitte strömt Unendlichem entgegen.

Lass das Leiern und bereite Mir den Wohllaut reinen Bittens um Erlösung von der Sinne Wahn. Nicht um diese zu zerstören, sondern um dein Sein zu fördern im Erkennen Meiner wunderbaren Weise, allen Dingen Halt und Leben, Form und Fabelhaftigkeit zu geben. Frei im Wirken, fein in jedem noch so fein gefügten Ziselieren Bin Ich aller Wesen Seinsgewähr und hüte und begüte unter tausend Wehen, was Ich Mir vergab. Gib Mir Luft, das Meine in der deinen zu verrichten und verlass dich auf die Eleganz, mit der Ich schalte, walte, Wunder wirke und die Vorsicht setze ins Geschehn.

Dein Licht ist, Meines zu erdichten und es dann in Wirklichkeit zu sehn. O holde Zeit, wo du die Seinsgediegenheit erfassest und beglückten Herzens deiner Wege fürbass gehst. Du weisst im Schauen, dass Ich immer mit dir deiner Pfade Lauf durchschreite und dich nach urewigen Gesetzen in das Sonnenhafte, Himmelweite und Erhabne führe, deiner Seinsbewusstheit wonnevoll entgegen. Hier und jetzt ist alles schon in dir beschlossen, was du liebeleicht erreichst im Wallen, Wogen, Wirken, Werken, Bitten, Betteln, Beten und Bestehn, im zielvoll Wandern, Hochgebirg beschreiten, Reinheit kosten, Feinheit inszenieren mit unendlicher Geduld im zärtlichen Zusammenfügen.

6.6

Mond und Sterne sind mit Lust zum Sein versehn aus Meiner Inbrunst im Betragen. Riesenwerke türmen sich aus Schöpferphantasie und Kraft zusammen und beleben raumgewordne Weiten mit brillanter Synergie. Obrigkeit will Mutterschaft verheissen und gezähmte Weise, mit dem Willen umzugehn. Nicht will ein Werwolf sich am

Strandgut schadlos halten, doch weist ein Ordnendes auf Flicken hin, die sich im Werden unfehlbar ergeben. Ich aber nenne Mich das Heil im Streben, die Genügsamkeit im Seinsverschwenden, wie das zart sich zugeneigte Galaxienpaar im Grossraum wonnevollen Liebens. Dimension um Dimension hab Ich Mir wesenhaft erschlossen, ohne Bakschisch Weltelan versprüht in klugem Seinsbesinnen über eklatante Zeiten hin. Wie heisst es doch, dass tausend Jahre Mir als Tagewerk im Nu vergingen und den Wirkraum prägten Meiner Poesie. Mein Funkenschlagen dröhnte Erz zu Erz durch Hallen des begeisterten Versuchens in Äonenläuften grandios dahin, bis Mir die Feuer aus den Becken schossen ins Gemüt. Naturhaft Bin Ich Mir in schierem Aneinanderreihen von Vernunft, Versuch und fabelhaftem Seinsgewinn geworden; Träume weckten Mein Genie und wurden wahrgeformt in langgedehnten Händeln, bis zur Reifung in dezenter Harmonie.

Machtvoll sein heisst, bis ins kleinste Künste propagieren, die Erstaunen um Erstaunen nach sich ziehn und Weise stutzig machen über dem Geschauten. Sie nur mögen ein Dahinter hinter allen Hintergründen sehn, ein Sich-Verborgenhalten unter Schleiern von Unendlichkeit und unerforschlichem Verhängnis, das sich in die Zeiten webt. Bin Ich's nun, so Bin Ich's nicht in deinem Sinne, sondern in dem Meinen und verfüge über alles wie ein Herr verfügt in trefflichen Bezügen.

Nachklang kenn Ich nur in einem kurz gefassten Augenblinken.

6.7

Ruhenden Gewissens vor dem Lotusteich zu weilen ist Gewohnheit für den Seinserhabenen. Sein Sinnkreis ist gebreitet über glanzerfüllte Weiten, die mit Strahlenkräften aufeinander sich beziehn. So rein, so mild, so lind fliesst alles ineinander in der wirkenden Präsenz der himmlischen Gebieter, dass nur Schwingung, tonlos, durch die Räume wallt, die alles ordnet, deutet, sendet und bewegt.

Es stellt sich dar in allem, was Es unternimmt im Vorbild der Unendlichkeiten. Selbst im Schritt der äussersten Vereinzelung beschreitet Es noch seine eignen Pfade und vermindert und bereichert, was Es will in unablässigem Gestalten neuer Seinsgegebenheiten. Unheil kennt Es nicht, weil jede seiner kosmologischen Gebärden auf ein Ziel gerichtet sich vollzieht und jede Wirrsal sich zur Ordnung drängt im Seinsempfinden der geschaffnen Wesen, die Es präsentiert.

Sag nun an, was willst du besser, anders machen, als dich in erkennender Gewähr als Es empfinden, das in Lauterkeit und Liebe allem vorsteht, was geschieht und im Geschehen Gleichnis ist des wunderbaren Treibens, das Es in sich spürt. Holdselig, wer dies wiederfinden kann in seiner eignen Gründe strahlendem Revier; gesegnet, wem das Seinsempfinden Anfang und Vollenden ist im täglichen Gebrauch des Sinnenhaften vor unendlichen Toren.

Wie du immer dich gebärdest, Seinsgebärden kannst du nur verleugnen, aber nimmer ihrem Selbstwert widerstehn. Dein Unterlassen ist es, wenn du nicht, der Stimme des Gewissens folgend, deine Ansicht änderst über das immense Weltgeschehn. Forschend, sinnend, sehnend, duldend und gewissenhaft sollst du der Prüfung Fächerkreis bestehn, der dich zu Meiner hochgebürtigen Weise des Gewinnens führt und alles, was dich in dir selbst verstrickte löst zu seligem Beschauen der Allgegenwärtigkeit des Seins in klarem, klugem, wachem, weisem, wonnevollem Selbstgenügen.

6.8

In offner Mission trag Ich Mein Läuten vor die hochgestellten Ohren Meiner Hörerschar. Aus Ungefügtem Sinn zu machen, aus Trübem Transparenz und aus Groteskem Seinsgefälliges, ist Meiner Absicht Wohlbegaben. Geschickten Greifens zupf Ich aus dem Wortschatz die Rosinchenpracht hervor, die sich allwie zu einer Fuge fügt im schicklichen Zusammenfügen. In sagenhafter Weise nichts zu sagen, ist die Kunst des Augenblicklichen, die im Vorüberwehn den Lauschenden entzückt, belehrt, belebt und wieder frei lässt graziösen Lächelns in der melodiensatten Kür. Damit will Ich auch besagen, dass das Leben in sich selber eine

Kunst ist, die im köstlichsten Vollenden vollends sich ins Spielerische gibt, nuancenreich, genüsslich, heiter und gediegen. Jeder will wie Ich, den Lorbeer sich um Haupt und Stirne legen; keinem wird es noch gelingen, wenn er nicht in Meinem Sinne sich die Worte von den Lippen lösen lässt, die Leben sind und Sanftmut, Schönheit, Kraft, Erhabenheit und Stil. Was einig ist, gebiert den höchsten Nutzen; was sich aus Fügsamkeit und Schmiegsamkeit erhebt, bezeugt in seinsgalanter Weise, dass Ich Bin die Würze noch in jedem Ausdruck schaffenden Elans. Du bist in Mir der Horcher an der Wand der tausend Lustbarkeiten, wenn du's recht verstehst, den Dingen ihren Lauf zu lassen und die eignen mehr und mehr als Lustspiel oder Leidspiel zu betrachten, dem du nur zur Hälfte angehörst. Zur andern Hälfte musst du Mir gehören in Gehorsam, Seinserkennen, tänzelnder Natürlichkeit und glückbegabtem Schweben. Jede Runde auf dem Erdkreis rundet sich zu Meinem Wohl, wenn du's verstehst, das Ganze zu erfassen, um gewieft und gottergeben standhaft in der Wirrsal wie in wonnevoller Andacht vor der eignen Würde im Ich Bin zu stehn.

6.9

Glückseligkeit im Reinen; Geistesgegenwart in seinsnatürlicher Potenz voll Verve und Willkraft vor und nach getanem Werk, wie Ich sie schaue und verbinde mit dem Bogen glorioser Taten. Mach Ich wahr, was Ich Mir so bedenke, präsentiert sich unvermittelt eines neuen Wesens Seinsstruktur in samtenem Vollenden. Zeit ist hin und Augenblicke sind gefragt, in denen ganze Geistesblitzgewitter sich entladen. Manifest des Treibens aus der Ruh ist ihre Stärke, ist Meiner Wirkkraft glänzendes Idol. In Meinem Bannkreis blüht und duftet alles, was Ich Mir ins Sein befehle; zu Meinen Füssen kauern die Gezähmten Meiner blitzenden Phobie, das Recht ins Recht zu setzen und ein jegliches Bewegen in den zarten Fluss der Harmonie

So sei es, ist der Schlachtruf Meiner wirkenden Doktrin; so muss es kommen, sei der deine im Verlauf der Zeitenfolgen, die dein Werk bedrängen und verlängern und entstehen lassen, jung und schön. Die Liebe ist der Honig, der die Dinge ins Gedeihen zieht; die Lust am Werken das gewisse Elixier, das die Hände rege hält und ihnen den Elan verleiht, den Ton bis zum glückseligen Ende auszuhalten. Was immer du beginnst, wird sich in Mir in seinsvollendeter Manier zu Ende tragen; was du wissend deinem Willen aufträgst, wirft ein Licht und einen Schatten ins Urewige und lässt Es nimmer los, bis aus dem Kindlichen die volle Reife sich im Seinstriumph erhoben.

Klarheit ist, was Ich in jedes sehnende Gewissen transponiere, Jugendfrische, was in alle Herzen strömt aus unerschöpflicher Gewähr von Meinen Gnaden. Was du immer bist, Ich lade dich zum Feste des Ergreifens Meiner Gaben und berufe dich, den Sinnkreis Meiner Künste zu berufen in der Wohltat deines Seinsvertrauens.

6.10

Schwelgen in Glückseligkeit und Seelenaugenfrische ist dein künftig Los in Meinem Dich-Verwundern, wenn du wirklich kommen magst in Mein Glückseligkeit begründendes Revier. Von Filigranen feinen Lächelns mild durchzogen sind die seinsprophet'schen Wangengrübchen Meiner Treuen im zurückgezognen Ich-Gefühl. Nur das "Ich Bin noch" lassen sie in ihrem Dasein gelten und gestatten ihm, sich selbst zu sein in ihrem wonnevollen Seinsgewissen. Akt des Glaubens, Akt des Sehns in wunderbarem Sich-Erklären, wie die Dinge wirklich stehn,

Ich Bin - und keine köstlichere Süsse mehr ist staunend zu ertragen im Bewusstsein des umfassenden Gestilltseins, das Mich so bezaubert in der Seinsgewähr. Nichtig ist dagegen alles Erdenweltgespiel, das Mir zum Schauplatz wird des Widerspruchs in der gewollten Reihenfolge Meiner Taten. Mühsam merz Ich aus den Wildwuchs in der Schöne Meines Sommergartens; leisen Mahnens weck Ich in den Wissenschaftlichen das Seinsgefühl, um sie dereinst mit Meiner Güte zu beleben.

Du aber komm und komm im Fluge in den Schwingenreichtum Meiner Welt von Cherubimen, Thronen, Mächten und Gewalten, die von Mir ein Abbild sind im

Reich der Wiederkehr ins Ewige, dem du dich hemmungslos anheimgegeben. Auferwecken nenn Ich, was in deiner Seele dann geschieht, wenn alle Stricke des Gebundenseins zerrissen vor dir liegen und das Freisein dich in Meiner Weiten Fabelhaftigkeit entführt im überbordenden Verlangen.

Müssig, dir den Friedenskuss zu weihn auf Stirn und Wangen, weil du selber Frieden dir geworden bist in seligmachender Manier. In Mir gerettet Bist du ohne Zweifel und verkostest wunschlos, selbstlos, was Ich Bin in Meinem Seinsimperium: Das Eine, das Ich dir in Mir und Mir in dir gegeben, als Vermächtnis reiner Liebe offenbar.

6.11

Voll Lieb und Güte schau Ich auf Mein Werk in dir und sende ihm den Wohllaut Meines Strahlens. Gebenedeit ist, wer die Wangen sich mit Tränen netzt nach Meiner Weise, Mir die Welt zurechtzulegen. Frohmut herrscht auf Meinen Wegen, Zuversicht und Klang des Friedens, wie von einer Laute leis dahingesungen. In Meiner Heimlichkeit geschieht dir, was du nie gekannt an Süsse des Erlebens; Meinem Wirkkreis bist du im Erwachen zugetan wie Neugeborene in mütterlichen Armen. Die Stimme Meiner Huld wirst du vernehmen, den Atem Meiner Winde spüren im beseelten Antlitz, das sich Mir entgegenreckt in zärtlichem Verlangen. Holdselig, wer sich solcher Weise in der Schöpfung etabliert und Mich gewähren lässt in seinem Drang, sich einzurichten, licht und schön.

Du weilst, in Achtsamkeit und Seelenschaukraft wie die Lotosblüte still und unberührt im Teich des friedevollen Dich-Beschauens und gewährst dir in der Gunst der Stunde, was Beschaulichkeit gewahrt an Lieblichkeit und strömendem Entzücken. Gelassen ziehn im Blauen Wölkchensegelschiffchen fabuliergewandt dahin und hinterlassen keine Spuren. Glanz ist alles und Gestilltheit Meinen Blicken ins Unendliche, dem Ich Mich weihe für und für. Was sich Bezauberung nennt, ist hier getan mit unnachahmlicher Gebärde des bewussten Miteinander-Gehns in Lauterkeit und Anmut, Weisheit und Gelingen.

Dem Erröten reiner Unschuld gleicht der Bilder Stil, die sich dem Auge präsentieren; der Wiederkunft der Freude sind verpflichtet alle Regungen des Herzens ob dem Fluss der allbereiten Harmonie.
Bereite dir ein Fest aus Sein und Wohlbehagen, will Ich dich beraten, augenblicks und voll Elan. Denn deine Stunde ist gekommen allsobald, wie Ich in dir die Führung übernehme ins Erhabne und Erwählte, ins Beglückende und Liebeszärtliche, dem Milden, Linden herzerquickend zugetan.

6.12
Prophetismus ist Mir eigen ebenso, wie Rückbesinnen auf Begebenheiten allerfernsten Ursprungs in der Tatenschau in Mir. Alles rafft sich Mir ins Jetzt zusammen im erhabnen Gleichnis der Gezeiten, das Ich Bin im überirdischen Bewusstsein Meines Mich-Begreifens. Keiner Not gebürtig, noch des Aneinanderreihens sich verquälender Sequenzen, trag Ich Mein Vermögen unvermittelt allen an, die es zum welterbauenden Behuf verwenden wollen. Ohnmacht schenk Ich den Betrübten, Weisheit den vom Willen strotzenden, zu sein, in Meinem Sinnleib sonder Gnaden. Nur Beschenker Bin Ich, nicht Gebieter oder Ränkeschmieder im bewussten Pool der so divers Gesinnten Meiner Abkunft. Allerfinder sind die andern, die sich Attribute zugelegt und Speck und Pulver sich erfunden haben.
Maienköniginnen nenn Ich jene Blümchen, die Erscheinungen der Grazie sind, die sich ein Seiender errungen hat aus Mir. Manifeste der Parteien tragen stets den Stempel wildgewordner Eigensinnigkeit und geben sich die lächerliche Blösse biedermännischer Versuchtheit, ihre Herrschsucht durchzustehn. Schön und gut. Es wandeln sich die Dinge wie von selbsten höheren Werten zu, weil Weisheit, Schönheit, Treue, Wonne, Selbstgenügen und Gediegenheit allüberall vorhanden sind und Sehnsucht nach Gerechtigkeit in unermessner Zartheit stets mit Zärtlichkeit berieseln, wie von Liebesweh. Was die Wesen zu sich selber führt, ist Sanftmut und geduldiges Erforschen der Gegebenheiten, ist Bescheidenheit vor Dem, der alles vor und hinter sich

gelassen, was nach Starkmut oder Prunk, nach Ducken oder Resolutheit riecht im grossen Duftgefäss von himmelweitem Sich-Verteilen.

Makaber ist, was meint in Meinem Sinn zu handeln, wenn es Göttliches für sich gepachtet sieht und Pachtverträge schmiedet mit den Gläubigen. Was glaubhaft ist, ist als ein Same Meiner Provenienz in jedes Herzens Mitte eingebettet und versucht zu wachsen durch Gestrüpp und Unrat bis zur vollen Blüte, die dem Wandrer Seinsvertrauen zuströmt und Vertrauen in sich selbst, das Ich in jedem Bin in Seinserlesenheit und Güte. Schwalben fliegen hin und wider, ihren Schwarm zu füttern, Seinsgedanken ebenso, die Seelen zu erlaben und ins Erhabne grosszuziehn. Sei auch du von dem ergriffen, was bedeutend in den Lüften liegt und was beseligende Schwingen um dich legt des Einsseins mit der Weltnatur, mit Erd und Himmel und mit allem, was da *ist* und war und sein wird in urewigen Bezügen.

6.13

Kleiner Mensch, was nun? Willst du mit Grösse dich versehn, sieh auf den Pomp, den andre mit sich treiben und lass ihn Pomp sein, nutzlos und verstiegen. In deine eigne Hütte hab Ich lange schon gelegt, was deinem Wesen frommt, du brauchst ihm nur in Minne nachzugehn und alles auszuschöpfen an Verständigkeit, Elan, Berufung, Würde und Gediegenheit, die Ich dir traulich mitten auf den Weg gegeben. Ordnung halten ist im Grund nicht schwer und dennoch ist soviel Verführung in und ausser dir an Seinsbequemlichkeit, dass manche ins Vergnügen gleiten und genüsslich das Geniessen als den Zweck des Lebens annektieren. Nimm und gib und gib und nimm, sei die Devise deines Dich-Behauptens in gepflegter Atmosphäre, wie im Stil der Ärmlichkeit, in die Ich deinen Platz verwiesen.

Sei du im Erkennen gleich bedeutend wie die Weisen, dass der Umhang nicht der Kern ist und die Mitte nicht das Äusserliche in der Wahl des Wegbeschreitens. Geh dem Gleichnis Meiner Zünfte still und unbemerkt entgegen und gewinne Reichtum Meiner Art im Wandel der Gegebenheiten, Meinem Wirken zu. Nur Lohn der

Angst kann Ich nicht geben. Tapfer und beständig sei auf deiner Hut vor allgefrässigen Raben und behüte dich als Kleinod Meiner Schöpfung rein wie Bergkristall und edel wie die Grazie eines Mütterchens im Brotverteilen. Lebenslust und Liebe lasse walten im Gemüt und wo die Neunmalklugen dich bedrängen, stülp die Narrenkappe über und bewahre deine Weisheit nur für dich im heiteren Betrachten der Behaupter.

Brich dem Sagenhaften in dir Bahn, das Ich dir Bin in Starkmut und Verlangen nach der Krone deiner Seinsbeständigkeit im Ewig-Guten. Lebe, walte wie ein Fürst in deinem Mich-Erkennen als das Agens und den Zufall deiner Motivationen. Menschsein heisst, das meine mit dem Grossen zu vermählen, heisst Geschwisterschaft zu pflegen mit dem All der Dinge, die dich himmelweit umstehn. Leiste du den Seeleneid: einjeder deiner Schritte soll dich zur Vollendung führen in der Akribie des Weltseins, wie im köstlich weiselosen Ganz-in-deinem-Sein-Beruhn.

6.14

Meine Weise ist die Weise göttlicher Substanz, die sich gefallen lässt zu fallen in die Höhen wissenschaftlichen Bedeutens; Transzendenz ist nicht so sehr gefragt in ihm, so dass ein Schleier über allem liegt, was uns die Sinne punktgenau besagen. Wer wird ihn lüften, sag es an, wenn nicht das Team aus Gott- und Weltlichkeit, das Ist in Meinem allumfassenden Befinden. Evolution heisst Rätsel lösen übersinnlichen Gehalts, heisst Rätselhaftes finden in der letzten Konsequenz des denkenden Begreifens. Schönheit ist nur im Geheimnisvollen schön, das sie umflort und ihr das Adlige verleiht, an dem wir vorzugsweis Gefallen finden; Weisheit kommt von Weiten her, die Astronomisches weit übertreffen, weil sie Unendlichem entspringt und uns mit feingefügten Fäden an das Ewige bindet, dem wir angehören.

Lass es gut sein, wenn dein Blick sich schrittweis neuen Horizont erschliesst im Schreiten. Mit Vehemenz geh deiner Wege Steilheit an, bewusterweis die Höhen des Erkennens zu erringen, um dann bewusst in deiner Eigenheit zu stehn. Dich selbst zu finden gehst du aus dir selber weitestens hinaus und schwingst zurück im Zug der Sehnsucht nach Geborgenheit im Sein und in den Sphären wunderwirkenden Beglückens unentwegt in Mir. Aus Taumel wird der Tau des freudigen Erwachens in der Sicherheit, die Ich entbiete; Hochmut wandelt sich in herzliches Umfangen aller Liebedürftigen in Meiner Würde Schoss. Aus Schicksalsmacht entsteht glückseliges Vereinen, wenn die Blöcke und die Böcke sich die Kanten rund und wund geschliffen haben.

Endlich siegt das Milde, Linde, das, von Mir ein Zeichen, jedem Wesenhaften innewohnt und es zugleich zurück und vorwärts, sacht und weise führt ins ewige Vollenden.

6.15

Verständnisinnig lächle Ich dem Eifer zu, mit dem du deine Sachen pflegst als Wünschelrutengänger, Wilddieb, Wucherer oder Smartpilot in Unrast oder Seinsbehagen. Deine Lippe scheuert sich am Biss des Schneidezahns, derweil sie besser sich mit Weisheit wetzen sollte im gekonnten Wortverspielen.

Emulsionen schmuddliger Gedanken schmierst du auf die Scheiben deiner Fernsicht, statt sie tunlichst rein zu halten im Bestreben, Meine Welt zu kunden und zu sehn. Was dir nützlich scheint, ist oft ein Schade dem Gemeinnutz, den Ich propagiere; Mein Stechen schlägt die Masche einer Menschheit an, derweil das deine allzuvieles fallen lässt im Zittergriff der Illusionen.

Nun gescbiehts, dass eine Einsicht dich beschäftigt von dem siebenfach vergebnen Her und Hin der Hast in deinem zuckenden Gebaren. Förmlich mit der Ruh genommen, schmecken deine Brötchen wie mit Zigerschaum belegt und deine Würde rettet sich vom Angeschlagensein mit wachen, würdigen Schritten Meiner Seinserhabenheit entgegen. Trinkend wirst du dich mit ihr vermählen, wird dein Blick sich schärfen für das Unnennbare, das vor allen offen liegt, die es mit Herzensgüte und Bewundern schauen wollen. Taufrisch fühlst du dich in jedem Element von Meinen Gnaden; keine Grenzen sind gesetzt, wo Meine Lichter dir die Finsternis verscheuchen und die Himmelbläue öffnen

Meiner Seinsmagie.

Redlichkeit und Ruh soll dich begleiten in Mein Reich des tastenden Vollendens einer Schau von Grösse und Gelingen, einer Zielkraft sondergleichen, mit dem Mut, nie aufzugeben auf dem Weg zu Mir.

Beweise kommen dir und Mir zustatten, dass das Unbedingte west in jeder wirkungsvollen Geste eines Wesens. Hilfreich und versöhnlich lässt sich die Erkenntnis an, dass alles in dem Einen, Unfehlbaren sich entfaltet und bewegt, in dem auch du den ersten Säuglingsschrei getan und das dich noch in zärtlicher Verbundenheit umgibt im letzten Augenblinken.

6.16
Vom guten Weltgeist bis ins Innerste betroffen, reg Ich Mich zum Dasein an in reiner Wonne, namenloser Wendigkeit und stetem Wohlbefinden. Wie an Kindes Statt nehm Ich Mich selber an in mütterlicher Güte, feingefühlter Gläubigkeit und dem Empfinden unnachahmlichen Befreitseins von der Schwere Meines Anhangs in dezentem Seelenjubel. Dass Ich Bin ist ein Hinüberlangen über alle Schranken seinsbeschränkter Konvention, der sich die Wesen im Bewusstsein unterworfen haben, bis zum drohenden Ersticken an Geräten, Machenschaften, Wissenschaften und Gespinnsten jeder Art in ihrem dauernden Verspinnen der Alltäglichkeiten.

Absolute Ruhe ist in Mir. Wesenhafte Nähe Meiner Selbstheit darf Ich in Mir spüren im begründeten Erkennen der Holdseligkeit, die Mich durchflutet bis zum Ende Meines grenzenlosen Seinsgefühls. Aufschwung ins immense Lichtgewölbe Meiner Heimstatt nenn Ich, was Mich so bewegt; Mich vom überwältigenden Reinen überfluten lassen, kündet Mein Ergeben an ins Allgewissen, das Ich Bin im unermessnen Mich-Verblauen.

Schweigen kommt vom Zeigen, dass das Lichtgeborene in seiner Krippe sel'gen Wachseins ruht, der Seinsbewusstheit himmelweit dahingegeben. Stille meint Gestilltsein in der Fabelhaftigkeit der Sphären, die von hier zum Dort, vom Hoch zum Niedern sich erstrecken grenzenlos in seinsbedingter Weise, ohne Unterscheiden der Gemüter. Glanz in glänzender Manier vereint sich mit dem gloriosen Leuchten Meines In-Mir-Wohnens; Wohlgestimmtheit lässt die Instrumente Meines Mir-Gehörens klingen, singen, bringen Harmonie und Friedensgrüsse in den Seelenjubel Meiner Kür.

Innerlich geworden ist, was sich dem Draussensein entwunden; Innheit fasst die Dinge allesamt in eins zusammen Meiner Majestät, die trunken macht von Glück und Treue, Lieb und Traulichkeit, von Fülle und Verschwenden aus der Seligkeit der selbsterlebten Ruh.

6.17

Führt nicht jeder für sich selbst ein Doppel- oder Dreier- oder tausendfaches Leben, wenn er sich lebendig zum Lebendigen gesellt und hier, bald dort Beziehungen beginnt in bunter Folge des Erwartens. Knoten knüpfen ist nicht schwer, doch sie zu lösen fordert volle Seinsgeschicklichkeit von uns und fordert die Betrübten zum Bewältigen der Abschiedsszenen. Die Verwandtschaft mit dem Allgemeinen macht uns so, so zimperlich, empfindsam und verstiegen. Hin und her gerissen langen wir wie Blütentaumler nach dem Honig eines süssen Stelldicheins mit einem Andersartigen und merken nicht, dass wir dasselbe sind im Grund der Gründe, in der Gründlichkeit des Aneinander-uns-Erlebens, wie im resoluten Auseinanderstreben.

Nach Vereinen trachten ist so schön, und hätten wir das Eine schon in uns ergriffen, griffe uns das Einigen nicht ständig an und wirrte und verirrte uns in abervielen Formen des Geschehns. Das Seinsergriffne lässt nicht mit sich streiten, weil Es noch in jedem Gegenüber in sich selber ruht als das, was Ist und was der Welt die Züge bringt des göttlichen Genügens. Unmut gleitet nicht von Seiner Hand, wenn sich die Mutigen zum Übermut verleiten lassen von der Torheit, die das Sein begleitet, wie der Schatten das bezifferte Gesicht der Sonnenuhr.

Stets im Nun ist Es, von Güte ganz durchdrungen, den Vertraulichen das Seligsein gewährend auf vertrauter Spur. Das Seinsgewisse schaltet, waltet nach Belieben und liegt immer richtig, weil Es sich im Selbst-Erkennen übt in jeder Weise des Agierens. Trachtest du danach, dein Ich zu finden, findest du Es, gleichgestimmt mit deinen Tiefen, deinen Höhn, wie deinen Mittellagen in der Seinsgestimmtheit, die sich überall verbreitet bei den Willigen und Weisen, den Gerechten und Geliebten, den von Wonne triefenden Gespanen der Venunft, die alle Schönheit Meiner Sendung in sich tragen.

6.18
Aufschwung feiernd aus den Tiefen, teuft sich Mein Mich-selbst-Erfahren ins Verschwindende der höchsten Himmelshöhn. Hier ist weder Schwund noch Schwindel zu verspüren, sondern frischgebackne Freude an der Zuverlässigkeit der Sphären, die so licht und freudig Mich umwehn. Überall sind Wesen Wesenhaftem zugeneigt im Sich-Verschenken an die Fülle seiner Seinsnatur. Jedermann erweist sich Referenz im Reverenzerweisen und bekräftigt die Gesetze feingefühlter Bruderschaft, in der die Seinsgiganten sich verstehn. Es weht ein Wind bewussten Diensterfüllens an der grandiosen Sache auf der Geisterbahn. Der Evolution mit Hau und Ruck geweiht, bewähren sich die Treuen Meines Hinterhalts in langgezognen Zeitenfolgen in der Kunst des Miteinandergehns in liebevollem Sich-Beweisen. Grundsatz ist: Die Kutsche des Geschehns bewegt zu halten über Stock und Stein und glattrasierten Strassen immerzu dem Ziel der Meisterschaft entgegen. Meinung über Meinung meint dasselbe im gewaltigen Gebrumm aus Meinen Röhren, wenn die Ohren läuten, Neuem, Trefflicherem zu.

Nun ist's gesagt und Sage über Sage türmt sich vor den Weisen, dass sie sie entwirren und daraus das Beste ziehn im Wortverwalten. Jedes Wort ist ein Befehl aus Meinem Schatz an Wortbefehlen, die gelassen und gebannt die Dinge an der Strippe führen Meiner Orgie im Weltenbauen. Was nicht klar ist, wird geklärt in wundervoller Grazie des Erklärens; was verwundert und verwundet aufblickt wird belehrt in hoch charmanter Weise, dass die Einsicht folgt im Flug und alle Rädchen surren im gigant'schen kosmischen Getriebe.

Böcke hat es immer schon gegeben, doch die Liebe macht sie zahm und führt sie fein am Gängelband des

Hoffens in die Hürden der Gesetzlichkeit in Meinen Triften von Besonnenheit und Wohl. Wohllaut ist Mein Locken ins Bewusstsein der Allherrlichkeit, das jedem innewohnt im Raunen der Gezeiten.

6.19
Grossmut sitzt mit Grossmaul nicht am Tische des Vereinens. Jenem wird eröffnet, diesem wird geschlossen, was er will, nach wirklichen Gesetzen, die die Dinge in bewegter Lauterkeit erhalten. Seinsgeschöpflichkeit ist aus dem Innern licht und schön. Mein Werkgrund atmet silberhell betaute Morgenfrische; Meine Bindung ist der Bund, der alles Sein liiert in überwältigender Weise, ohne das Geringste des Geringen aufzugeben. Misanthropisch Bin Ich nie gewesen, weil Ich selber in den Gliedern hause Meiner Weltenwesenschaft im Grünen. Schön der Reihe nach besorg Ich Meiner Felder reichgesetzte Saat und sorge Mich um ihren Wohlstand im beständigen Begiessen mit dem Tau des traulichen Belehrens wie man wächst, gedeiht und Früchte trägt von dannen.

Geliebte Meiner Wissenschaft sind alle, die da von Mir ausgehoben sind zum Dienst am einen, grossen Plan des gegenseitigen Befruchtens in der planvoll durchgeführten Wanderung zur Hochburg Meines Mich-Entfaltens. Dort im Adlerhorst erprobt der Jungschwarm seiner Schwingen Schwung und probt im Hüpfen schon das stolze Überschweben Meiner Lande im Beschauen der Allherrlichkeiten, die vor Adleraugen zur Beschauung stehn. Westfahrt, Ostfahrt, hoch und nieder steht den Flügg-Gewordnen offenbar zur Freude an und führt sie in gewaltigen Schlägen in die Fernen eines wundervollen Seinsgefühls.

Von Erhabenheit ist viel zu lernen; von der Seinsbewusstheit noch viel mehr, weil diese des Befreiens Note in sich trägt von aller Not und jeglichem Gefährden. Vom Liebelicht des trauten Mit-Mir-einig-Seins beschienen, leuchten alle Dinge sich den Schmelz des Unvergänglichen an und nennen sich Geliebte und Verliebte in das eine unfehlbare Fluidum des Seinsgewissens, das in Sonnendonnerstärke durch die Räume sich bewegt und im Bewegen alles mit sich reisst zur Hingerissenheit und

zum erstrahlenden Entzücken.
Eleganz und Zauberkraft vereinen sich zum Bogen des Beschliessens einer grossen Schau von Wohlfahrt und Vollenden.

6.20
Vom Heil ergriffen steh Ich da in unbescholtener Grandezza des Begreifens und gewähre Mir die Lust, das All in seinen Breit- und Tiefengraden bis ins Letzte zu verstehn im schauenden Durchdringen aller Riegel, Hürden, Höhen und Gefälle vor Mir her.
Nur Unbewussten sind die Tore noch verschlossen reiner Selbstgefälligkeit, die Mir zu eigen; nur Betörte tragen Ohrenklipse, dass sie Meiner Stimmung Wohllaut Überhören und mit Vehemenz zu ihren Trogen voller Unrat drängen. Mir gelingts, in Meinem Zaubergarten noch dem Wachtelschlag zu lauschen und der Nachtigall das süsse Herzweh abzunehmen, das ihr Sein bewegt. Das Meine braucht sich niemals abzuregen, weil es in sich selber Ruh und Ruhstatt feierlich begründet seit Urewigkeiten. Mach es in der deinen ebenso, indem du seinserkennend Meiner Mitte dich erinnerst gradewegs in dir und auf und nieder atmend in dem Meinen wesest und gehorsam *Bist* im Kinderaugenleuchten.
Wahrlich, wahrlich darfst du dich an Meine Seite rücken und geniessen, was dir Frommheit, Zuversicht, Geduld und Streben angetan im Schrebergarten der Gefühle. Interessant gemacht hast du dich nur bei Mir im Sinn der Seinslust, die dich allemal ergriffen, wenn du tiefer grubst in deiner grabenden Behendigkeit und deinen Schatz in Mir erglänzen sahst in wundersamem Dich-Verwundern.
Ebbe ist noch immer von der Flut gespiesen worden steten Wiederkehrens der Gegebenheiten in dynamischer Manier. Warst du seicht, so wird dich Meiner Fülle Wohlklang stossweis wieder überfluten, dass du jubelst in Gesängen und im Lobpreis Meiner Herrlichkeit vor deines Herzens Toren wie vor Mir. Verliebte können's kaum erwarten, bis sie sich zuzeiten in die Arme fallen und Gebärden tauschen des glückseligen Aneinander-

sich-Vergehns; so weiss Ich Mich mit denen in die Innigkeit verflochten, die in ihrem Ausgehn und Gesunden stets nur Mich im Sinne halten in besonnener Bravour und in besond'rer Weise, Meine Weisung in gewissenhafter Herzweih zu erlauschen.

6.21

Kein Fremdes tritt an Mich heran, weil alle Dinge in Mir selber liegen. Das Du der Welt ist Meinem Willen untertan in schöngefassten Schnörkeln, weit und breit ins Zeitliche geschrieben. Jeder Satz in Meinen Sprüngen macht sich rar im Sinn des Unikats, das er vertritt und leistet, was noch niemand sich geleistet hat in unnachahmlichem Erfinden. Neue Wege gehn ist anspruchsvoll und voller Tücken und bereitet Unbill dem, der ihre Windung sucht im Dickicht der Gewalten. Doch hat sich einer durchgeschlagen, findet er Oasen zauberhafter Schöne, die zum Ruhn verleiten und zum Sein in Andacht, Wonne und Erlaben. Glücklich, wer sich so in Meinem Sinn bewegt und Meiner Gaben Beste in sich aufnimmt, das zu sein, was Ich in seiner Innheit Bin in aberhundert Ranken, Wallungen und Gloriolen, in vernünftigen Zeiten, wie im Weh des Wahns, das ihm die Sinne unterlegen. Mancher fragt sich: Bin ich, was ich bin und kommt zu keinem Ende, bis er Meiner inne wird in seiner Akribie, sich selbst zu kennen. Dann geschieht das Wunderbare, dass er Ist in Mir und Ich in ihm das Allgesetzliche und das gewisse Etwas, das den vielen fehlt, die nur sich selber intonieren. Weg-Mann Bin Ich dann in ihnen und Gehörnter ihres Tuns in unvergleichlich wirkungsvollen Taten. Brand zu Brand und Wurf zu Wurf wird sich in ihnen finden und nach draussen drängen in entscheidender Manier. Betrieb wird sein auf Mein Betreiben und Erschüttern in der Weise Meines Rüttelns an den eingefleischten Formen und Gegebenheiten in der sakrosankten Grube des Erstarrens. Forschen, Feilen, Feilschen und Verstehn führt Meine Sendung weiter in die Zukunft Meiner Nation von Kunstbegabten in der Lebenskür. Bezeichnend ist, was Ich bezeichnet habe, und berufen, was sich Meinem Ruf ergibt des Rasens wie des Innehaltens, des Drängens wie des Dudelns selig vor sich hin.

Geliebte Meins Seins nenn Ich die Gloriosen, die voll Verve in Meiner Weisheit stehn und sich von Meiner Strenge überfluten lassen in der Zartheit des Empfindens Meines Wehns.

6.22

Häuslichkeit in Glanz und Glorie ist jedem eigen, der sein Zelt in Meinem aufgeschlagen sieht im köstlichsten Verweilen. Musen sind sein liebliches Gespiel, das ihn versieht mit Meisterschaft im Wortverspielen. Schlau wie Silberfüchse sind sie, kapriziös wie Karpfen und wie Säbel scharf geschliffen, wenn sie ihren Silbentanz vollführen. Schreckhaft sind sie auch und sind im Nu verduftet, wenn sich das Geringste zeigt an Eigenbrötlerei im Dampfen der Gefühle. Scheu im Wesen, siegessicher im beherzten Tun, erweisen sich die Traulichen als treffliche Souffleure von so sagenhaftem Wissen, dass die gängige Weisheit allsobald verblasst vor ihrem lichterfüllten Räsonieren.

Rumpelstilzchen schlug das Rad des Selbstzerreissens in der Rätselluft, die es umspülte, weil es höheres Wissen schlecht ertrug. Neidisch sind auch wir, wenn andre mit Entzücken ihren Ruhm verfolgen. Doch das Bittre löst sich auf in Meiner Süsse, wenn das Abgezählte dem Unendlichen sich hingibt in naivem Blümchenmalen. Nur das Herzergreifende ist wahrhaft schön und das Beherzte schönt die hingestrichnen Züge, farbenprächtig und gediegen.

Laue lass Ich laufen, Luftibusse sollen nur im Regen stehn im schirmvergessenen Geplänkel, das sie vor der Welt begehn. Mein Erbarmen reicht nur bis zur Schwelle, wo die Unvernünftigen hausen und belästigt nie ihr selbstgefälliges Treiben, kopflos und verstiegen. Numeriert sind sie und sind ins Weissbuch der Verfemten eingetragen, wo sie dann im Soll und Haben auf der falschen Seite stehn.

Komm und komm beschwingten Schritts ins vielvertraute Gärtchen Meines Dich-Begabens mit Glückseligkeit und Ruh. Was frommt den Frommen mehr, als Meine zierlich hingestellte Schale des erkennenden

Elans, aus der die allerlieblichsten der Düfte steigen. Wie berauscht und unbesonnen gib dich Meinem In-dir-Gegenwärtigsein dahin und lass die Funken der Begeisterung sprühn aus Meinem blühenden Verheissen.

6.23

Die Hand zum Sieg erhoben steh Ich unbescholten auf der Piazza rauschenden Verteilens von poliertem Lorbeer und geschliffenen Pokalen. Niemand kennt Mich, weil Ich Mich verborgen halte im Kostüm des Siegers, den Ich Mir zum triumphierenden Gespan erhoben. Seinen Mut zum Lächeln stütz Ich, weil er sinnend in Mir seine Stütze suchte; seinen Lauf befeuernd lauf Ich vor ihm her im Willen nach Erfolg und in der festen Zuversicht, die er sich ins Gewissen prägte. So ist Handlung handeln nach gesetzten Zielen; so verläuft die Linie nach dem Soll des kräftigen Bestrebens, Mehrwert in das Sein zu legen.

Ehrgeiz ist nicht Meine Sache, und wo er sich breit macht, turnt der Tätige auf Messers Schneide und stürzt ab, sowie er allen Rat aus seiner Rätigkeit gezogen, ohne Mich um Meines Wirkens Fülle anzugehn.

Alle Seinsgefässe leeren sich, wenn sie nicht Nachschub von der Seite Meines Sinngehalts erfahren. Wendige sind wendig nur in Mir und Traben muss Ich alle Pferdchen lehren, weil sie sonst in Futterträumen stille stehn.

Ich reime, wenn sich Ungereimtes zeigt in Meinem Weltbegründen; Ich Bin die Wehrmacht, die die Ländereien schützt vorm Übergriff der bajonettbetuchten Balzer nach Gewinn aus fremden Kassen. Normen setz Ich und belebe das Gerechtsein in den Meinen, die vom Wanken in den Stechschritt des bewussten Vorwärtsgehns gewechselt haben.

Mimosen sind Mimosen und bedürfen seinsbedingter Pflege, bis sie ihren Sonnenplatz errungen haben. Protzige und Klotzige sind rasch zurückgebunden und bedeuten Mir erst in der Einsicht viel, dass des Zusammenwirkens Machbarkeit das Gute zeugt in vollen Zügen und die Fülle bringt ins Dasein Meines Mich-Verklärens.

Mosaik um Mosaik entsteht im Mich-zur-Einigkeit-Zusammenfügen. Mass für Mass und Minne um die

Lieblichkeit der Sphären meint Mein Mut im redlichen Entfalten einer Schau von kosmologischem Bedeuten auf der Götterspur.

Ludwig Weibel, geboren 1933
Lebt in CH-9200 Gossau/St.Gallen
Fernmeldetechniker HTL
Schriftstellerische Berufung zur
"Philosophie des Seins" für vife Geister.
Erstellt elegante Graphiken mit einem
Pendel-Apparat. (Siehe Buchumschlag)
Homepage: www.das-sein.ch